墨の余滴

関 万希子

三月書房

「閑 万希子展―墨にこころよせて」にて著者　平成20年２月
於 和光並木ホール　撮影 小川知子氏

ギャルリー石塀小路和田の個展にて武田 厚先生ご夫妻と　平成14年11月

「朱の会展」にてお弟子さんと　平成30年１月　於 銀座洋協ホール

三歳の頃　鵠沼にて

昭和37年暮、正月番組の収録で芝 福沢邸にてお書き初め。私の番になると、いきなり翌年の干支であるウサギが部屋に放たれ、邪魔をされて困惑している写真。

「流韻・墨・色 閑 万希子展」韓国の鄭 銀女先生と
平成11年10月　於 和光ホール

墨の余滴　目次

墨のこころ

朱のこころ

写真提供　著　者

装　幀　吉田咲

墨の余滴

墨のこころ

二カ国語

私の生まれた家は二カ国語、とよく皆に話すのです。二カ国語といっても外国語ではありません。

私は小学校から帰ると祖母と母、それぞれの部屋へ挨拶をしに行きます。まず祖母のところへ行って「お祖母ちゃま、ただいま」と言うと、

「おや、お帰り。あら、お前さん、どうおしだえ？　ええ？　おや、こぶなんか作って。まあこっちへおいでなさいよ」

同じことを母の方へ行って「お母様、ただいま」と言うと、

「あら、どうしたの？　まあ、こぶなんか作っちゃって。こっちへいら

っしゃいな」

そういう大違いの口調の毎日の中で暮らしていたわけです。

お友達が遊びに見えると「なんだか堀越（本名）さんのお家に行くと可笑しい。お芝居の言葉のお祖母ちゃまね」と言われました。

長火鉢の前から立ち上がり、松の木の上で仕事している植木屋さんに向かって祖母は、

「ちょっと新さん、お前さんこっちへおいでなねえ。この頃お前さん、どうおしだえ？　おかみさんは達者になった？　そう、お前さんねえ、お前さんが今日《こんにち》あるのはおかみさんのおかげだよ、大事におしよ。（松の木から降ろされて）ちょっとお前さん、おかみさんに何かしておやりかえ？　してない？　困ったもんだねえ」

などと言って、何か懐から出して、

「ちょっとおいでなさい。まあここへお座んなさい。あんたこれね。お

かみさんにお前さんからって言ってね、あたしがって言うんじゃないんだよ、お前さんからって言って、何か買っておやりなね」

「ご新造さん、ありがとうございます」

もう一つ、私の家がよそのお家と大きく変わっていることは、朝食が「ごはんとお味噌汁」ではなく「洋菓子と紅茶」が通常なのです。これも祖母の指示で、母は嫁に来た時にとてもびっくりし、大変嫌がっていました。それに母が一番嫌いな牛乳を、

「あたしに牛の乳《ちち》をおくれでないかい」

と持って来させ、堂々とゴクゴク飲みはじめるので、今すぐ実家へ飛んで帰りたい！　とずっと思っていたそうです。

母は、本当はお味噌汁・お漬け物・海苔と玉子焼に湯気の立つごはんの朝食が食べたくて堪らなかったのですが、祖母は帝国ホテルと開新堂へ週替わりで男衆にケーキを買いに行かせ、それと紅茶。朝食は毎日そ

う決まっておりました。

日本橋の織物問屋でも、外国の方がよく訪れて泊めて差し上げたりもしていましたので、違和感はありませんでした。応接間は外国の方がいらしてもよい造りになっておりました。

でも子供たちは別室で和食のごはんなんですね。二歳頃に私が使っていたお膳がまだ家に残っています。

祖母と同年生まれ（明治元年）の横山大観さんがいらっしゃった時など、祖母が言うには、

「嫌ねえ、あのおひげが。だけどね、尊いもんを下すったんだよ。舶来の香水を下すった」

横山先生が外遊なさった時、お土産に香水を下さったことがあったんですね。

「それから棒紅（口紅）も下すった。あたしゃね、紅は、そういうのは

頂いたってしょうがないんだけど、まああの人に見せておやりなね。見たいって言ってんだから」

祖母はその香水を、三越か歌舞伎座に行く時だけシューッと香水吹きで襟元へ吹きつけて大満足、そういうやりとりを毎日毎日聞いておりました。

私はというと、学校では「そうじゃないわよ」とか「これをしておあげなさいよ」と、母の話す言葉で会話していたのですが、その二通りの会話はずっと、生まれた時から戦後祖母が亡くなるまで変わりませんでした。

でもそれを不思議とも何とも思わなかったのです。

母のこと

母の実家は横浜で、祖父の仕事が生糸の貿易でしたから、母は割とモダンな習慣で育ちました。

生糸問屋も、貿易の関係で外国のお客様も多いし、祖父もアメリカへ行ったりしていたので、朝食は和食でもコーヒーを飲んでいました。それも桐の板を取り寄せて鉈《なた》で細かく切ったものを使って焙煎し、デミタスカップで飲むというこだわりようだったそうです。

それが日本橋大伝馬町に江戸時代から続く、織物問屋という古風な、電気があるのにわざわざ提灯をぶら下げているような家へ嫁いで来ましたから「ああ、みっともない。やだやだ」と思っていたそうです。

母方の祖母は、京都生まれのものすごくきつい人で「私は子どもを四人産んだけれど、そのうち一人は『これはもう勤まらない』っていうほど厳しいところへ嫁がせたい」という強い信念を持っていたそうで、それで母は父の元へ無理矢理嫁ぐことになったと言っておりました。

母は父とは正反対で読み書きが嫌い。あの当時で音楽を志し、音楽学校で声楽を習っておりました。イタリア人のペトロ先生とおっしゃる方に声楽を学んでおりました。先生は日本語が不自由でいらしたので、メイドさんに通訳をしてもらってレッスンをなさっていたそうです。

母の結婚式にご出席頂いた時には「あなたの嫁ぎ先に失礼のないようするためには、どういった形で行ったらよいのか教えて欲しい」などと聞かれ、私が生まれた時は「美術がお好きなお家だから」と三越の美術部へ出向いて春慶塗のお重を下さったりしたそうです。それを母が見せてくれた時、これは戦災でも焼け残りましたので「絶対に手放さない」と言っておりました。

そんな風でちょっと考えることが奇抜な人でした。私に車の運転を早く習えとか、自分で飛行機の操縦をしたいとか、他のお母様が反対なさるようなことをやらせたり言ったりした人でした。

私が通ったミッションスクールで、所持品検査の日がありました。恋愛小説なんか読んではダメみたいな時代だったんですね、戦後まもなくですから。それなのに母は、

「男のお友達がないような女じゃしょうがない」とか、

「世の中は男性が女を引っ張って行くものだ」とか、

「考えてごらんなさい。板前さんも男、髪結いさんだってちゃんとした日本髪結えるのは男、かつらを作るのも男、パイロットだって全部男でしょ」

などと言っていました。男尊女卑の時代でしたけれど、音楽学校は男女共学でしたし、ね。だから「男の方とお話が出来ないような女じゃダメよ」なんて言うのです。

肝心の母は父と十五歳離れていまして、家では絶対男性上位。その頃の日本橋あたりの商家の長男は、たいがい二十いくつで結婚しますけれど父は四十歳まで縁がなかった。ですから母との結婚が決まった時、「私に逃げられたらお父さまは大変、そこをこちらは時々狙ったわけ」

これは母が言っていたのですが、

「今日、大変な粗相をいたしましたって、本当は頭なんか下げたくないのよ。でもそれもお芝居にして、『今日でお暇《いとま》をさせていただきます』って言うのよ。そうすると、今逃げられちゃ大変だ、商売も何もかも信用がなくなる、評判が悪くなる。それで次の日に三越からいろいろ届くのよ。これは『二度目のお暇《いとま》の時の指輪』などと言って、そういう点はなかなか策士でした。

　後年、私が書を教えるようになってからもお弟子さんに向かって「あなたの『先生』はね、先に生まれたっていうことだけで、人間的に上だってことじゃないんだから」と言いたくて、お稽古中に隣の部屋から出てきて、

「まあ、先程は大変皆様に失礼なことを申し上げました。この人は先生の資格はございません。人間として大事なことをどうぞ教えて下さいまし。私は親でございますけれども」

　そうするとお弟子さんのおばちゃま達が、

「先生かわいそう、お母様そんなことおっしゃらないで。先生は一生懸命やって下さるんですから」それを、

「いいえ、……どこか他に良い先生がおありになったらどうぞお移り下さい」と、こんなことを言う人でした。

私は外へ出す作品を全部母に見せていました。前夜、隣の部屋に貼っておくと私に聞こえるように、

「あらあら、夕べやったのかしらね。こんなにビラビラ貼っちゃって、まあこの線の嫌なこと、自分じゃいい気持でやってんだろうけど、ご覧になった方こそもう胸が悪くおなりになるわ」とさんざん言って、

「あなたの見るのは疲れるわ。それなのに私に何もお礼というものがない。一生懸命見ても、お包みさえ持って来ない」

そんなことを言い出すので、空《から》の熨斗袋に「お包み　友規子」と書いてお盆に乗せて、

「恐れ入ります。今日は宜しくお願いいたします」と言って渡すと、

「あら、気が利くわねぇ。……なによ、空《から》じゃないの」

『おさつ』と上書きしたら「さの字とつの字が上手になりました」などと言い返されたり、へんな親子でした。

母は音楽好きでも、家に音楽が流れているというようなことはありませんでした。お嫁入り道具に立派なピアノがあったのですが「絶対にふたを開けてはいけない」という約束の上持って来たそうで、本当に自分で開けたことはありませんでした。

母（写真右）と共に

そのままそのピアノは空襲で焼けたのです。焼け跡でくすぶるピアノを見つめている母の姿は本当にかわいそうで、言葉もかけられませんでした。この時のことは母が亡くなるまで話題にしませんでしたが、好きだったピアノのふたも開けられないまま戦争で失ってしまった、そんな犠牲を払って私たちを産んでくれた、その事を忘れたことはありません。

母の最期の言葉は「しっかりおやりなさい」でした。母のマンションへ行き、

「これから和光（の個展）の飾りつけに行ってきます」と挨拶したら、

「あ、そう？」と起き上がりました。

「また寄りますし、電話は入れますからね」

「しっかりおやりなさい」

それからしばらくして母は意識不明になり、何日かして亡くなったのです。百歳でした。今でも何かある度に、母からこの言葉をかけてもらっていると感じます。

父、そして弟

私にお習字を習わせると最初に言ったのは父でした。実は結婚前、母は歌うことが好きだったので私を将来アリアか何か歌わせられるようにしようと思っていたらしいのです。

ところが私の産声が非常に音痴だったので母はがっかりしたそうです。泣き声がとても惨めに聞こえたので、これでは声楽などダメだ、何か習わせなきゃしょうがないけれども……と父に言い、父は「器量は悪いし困ったもんだ。たくさん働いて持たせるもの持たせなきゃどこへも嫁に出せない」などと言ったらしく、それで「字は大事で邪魔にはならないからお習字を」ということになって四歳くらいからお稽古を始めました。ただ戦争でそれどころではなくなって途中で途絶えたのですけれど。

その四歳くらいの時の鮮烈な記憶があります。父は麹町の自宅から日本橋の店に毎日出勤していましたが、その日は一日店を休んで「幼稚園に入る前に字を教えなきゃ」と、縁側に座布団を持ってきて「お座り」と言って、三越で買った、色がついている積み木を広げて字の読み方を教えてくれたのです。表側が平仮名、裏側が片仮名になっていて、

「これは何という字?」

「ア」

「そうそう。それでいいの。これは?」

「イ」

という風に、まず読むことからやらされました。その当時はまず片仮名からの時代でした。私は「ウ」と「ワ」、点があるからウで点がない

からワだというのがわからなくなってしまって、「ウ」と言うつもりが「ワ」と言ってしまったり。全く怒らずに一生懸命教えてくれている父がかわいそうで、どうして私はウとワがわからないのだろうとすすり泣いてしまいました。

父は「いいのいいの。もう一ぺんね」と言ってくれました。

その様子を見ていた母が、

「まだ幼稚園にも行かないのに、そんなにがむしゃらに頭に入れようとして。あなたは今日しかないから全部詰め込もうとなさるけど、子どもにしたら大変よ」と言い、父は黙ってそれを聞いているという風でした。

私はそれを聞いてとても申し訳ないと思って、父に詫び状を書きたいと子供心に思ったのです。でもまだ書くことは無理。

本名の「ユキコ」という名前だけしか書けないから、ユキコじゃ詫びにならないけれど、とにかく「ユキコキコキコキコキコ」みたいなことをやたらに書いて父の机にしまっておいたら、父はそれをわかってくれて、詫びのつもりなんだろう、まあ仕方ないと「わかった。お父さんわかったから、またやりましょう」と言ってくれました。思えば、文字との出会いがそういうことでした。最初は私が手紙のつもりで書いたものを直したり、丸をつけたりして「お父さんはとってもよくわかりました」とか書いてくれました。

父が結核を患うと、子どもに一番うつるから会ってもいけないということになったので手紙を書いて「今日こういうのを書きました」と、お清書したのを付き添いの者か何かに渡すと、父はそれを見てくれて最初は「とっても上手に出来ました。また書いて下さい」と返事が来ましたが、その後、手紙に菌が付いているなどと言われて誰かが読んでくれたように思います。

とにかくそれは父を喜ばせることだと思いました。ですから、お習字の稽古をお休みしてしまったりすると、父に悪いな、何だかわからないけれど、お稽古を休むのは大変罪で、親不孝みたいに思っていました。

終戦と同時に父が亡くなってからも、ずっと私はそう思ってきて、それで少しずつ書というものに深入りして行ったのです。


私が生まれて二年後に弟が生まれました。

母が私を産んだ時、その報告を受けた祖母がパッと横を向いて不機嫌になったと、側についていた老女たちから聞いたので母は、「これは大変！　早く跡取りを産まなくては……」と思ったそうですから、男の子が産まれてヤレヤレと、実家の父母も共に安堵したそうです。

早産だったので小さくてひ弱でしたが、商家では何と言っても男の子が大事で主役、何でも優先されていました。食事もお三時も私より先に出されるし、お風呂も先でした。

でも不思議ですね、私も物心ついた時からそれが日常なので、それが当たり前だと思っていました。弟もそうだったと思います。

どなたかが何か物を下さる時、先に私が渡されたりすると、すぐ自分から弟に渡したりしましたし、どこかへ二人で伺う時は弟を先に歩かせたりしていました。ただ、喧嘩は私の方が口が達者で強かったようです。

先年、弟は亡くなりました。私より先に天国へ行ってしまいました。

塗りの通い箱

私は幼い頃、病気がちで胃腸が弱かったのでバナナや小豆など、消化に悪いといわれたものは決して食べさせてもらえませんでした。

私の家は人の出入りが多く、週に何度か祖母のもとへ《塗りの通い箱》が運ばれて来ました。ふたを開けると小さなマスに区切られたその一マス一マスに、四季折々の風情と色合いも美しい和菓子の見本が入っていました。祖母はその中から熱心に選んでその日の注文をするのです。

「とてもきれい……」

子供心に、私がいつも食べているウエハースやエイセイボーロとは違う「大人のお菓子」に強い憧れを持ったのです。ある時、母にその不満を訴えると「年につが付かなくなったら」と言われました。当時は数えどしで六つ七つと言っておりましたから、十になるまでダメということだったのでした。

私が生まれた麹町の家は、昭和二十年三月九日の東京大空襲で焼け出され、一家で火の中を逃げて荻窪へ移りました。実は以前から荻窪に家が用意してあったのですが、ただ当時、立川に中島飛行機という有名な軍需工場があって、そこをアメリカが狙うとすると、吉祥寺・荻窪あたりは危ないというので「ちょっとまだ荻窪に行っては……あっちでやられても」と言って引っ越しを遠ざけておりましたところ、本当に麹町が焼けたので仕方なく移ったというわけです。

やっと十歳を越えたというのに戦争が烈しくなって、物資は統制、バナナや和菓子どころか食べ物自体がなくなってしまいました。

荻窪の家の裏の田んぼの畦道に生えている嫁菜を摘んだものがおかずでした。卵もお米もなく、小麦粉もひどい小麦粉で、疎開しなかった私たちは一番食べ物がなかったと思います。庭でトマトやきゅうりを作りましたが、そこにも焼夷弾が落ちて焼けてしまい全滅です。

お正月もおせちどころではありませんでした。一度母がどこかで手に入れた貴重品の卵を茹でて食紅で染め、梅に見立てて出してくれたことがあり、忘れられない思い出です。

物資も本当になくて、例えば小さな折り紙が一枚あったら、仲良し三人でじゃんけんをして勝った人が頂くか、その一枚を三等分して分け合うか、折り紙でさえそれだけ珍しいものでした。ましてや千代紙なんてもう大変なもの。

その頃、お菓子がなくなったので駄菓子屋さんが飴なしの包み紙だけを放出しました。それを並んで買って、シワが寄っていたら綺麗に火熨斗をかけて伸ばして束ねて、リュックサックに入れて、それが宝物。

あるお風呂屋さんが、忘れ物のセルロイドの石鹸函を十個ぐらい放出したので、みんなで貰ってきて、ふたと身を分け合って大事に持っていたこともありました。そのくらいオモチャはありませんでした。

明治元年生まれの祖母は、そんな最中でも「セミ日本髪」みたいなのを結って、モンペもはかないで着流しでいるような人で、空襲の時、市ヶ谷の土手にみんなして押さえられて上って、

「いやぁねえ、いくさはもうたくさん！」などと言うので、

「そんなこと大きな声で言っちゃダメよ」と言って、その土手で夜明かしをして家が焼けるのを見ていたのを憶えています。

学童疎開というのがあって、私はその集団疎開を楽しみにしていたのです。私は四年生だったのですが、私たちを含めた四学年しか疎開にぶつかった学年はなかった。仲良しのお友達みんなと一緒に毎日寝られて

毎日遊べて、貴重な体験だと思って仕度までしていました。

でもその頃、父が結核で相当重かったのです。当時子供たちとも面会出来ないぐらいで、隔離されていました。大空襲の時は二、三人の男衆に担がれて土手に運ばれて、布団をひかせてもらって寝ていましたが、その時も子供は近寄っちゃいけないと言われたほどで、結核ってそういう病気だったのですね。その父が自分の死期を感じていたらしく、いま集団疎開させて子供と別れたらいつ会えるかわからない……ということで、もう出発直前になって母に、

「学校へ行って丁寧にお断りして、東京に置くからと言いなさい」

と命じました。弟も慶応の幼稚舎二年生でしたが中止にさせられて、その時とても恨んだんですね、父のこと。でも、結局行かなくて良かったと思っています。

私は父が四十一歳の時の子供でしたから、私が生まれた頃から子供と

は早く別れる、この子が成人するまで生きていられるか……と思っていたらしいのです。

やがて終戦、焼け跡に闇市などが出現しても、あの憧れの食べ物にたどり着くには程遠く、私が切望していたバナナや和菓子と再会し「我がもの」としたのは中学二年の夏だったと思います。

今、街を歩いて店先に山と積まれたバナナの前を通ったり、老舗のピカピカに磨かれたケースの中に並ぶ美しい和菓子をあれこれ選ぶ時、言い知れぬ懐かしさと満足感を味わうのです。そしてふと、つのついた年齢の頃の私が今の私と重なり合って見えるのです。

四谷雙葉の思い出

うちの一族は全部女の子が四谷雙葉、男の子が学習院か慶応と決まっていました。ですから私は幼稚園から自動的に中学高校と四谷雙葉に通っておりました。

小さい頃は、いつも人から離れたところに一人でいるような子で親も心配していましたが、戦争の頃からやっと皆と楽しく遊べるようになり、だんだんお山の大将というか親分のようになっていました。

中学の時など先生が、

「今日、花瓶の水を替えていませんね。お当番は誰ですか？」

「はい」

「堀越さん、どうして替えなかったんですか？」

「面倒くさかったからです」

などと答えて叱られて。先生の揚げ足を取ったり反乱を起こしたり、よく暴れていましたが（笑）。

四谷雙葉の教育方針はもちろん「良妻賢母」でした。当時は実業家や元軍人さんの子女が多かったですから、家を守っていい子供を産みなさいと。私より三学年上くらいまでは、卒業するまでに大体お嫁入り先が決まっているようでした。

先生方も学校に「この方はどういうお嬢さんですか」と聞いて来られる方にお答えするということをしていらっしゃいました。ですから、いつもお行儀よくしているよう、やかましく言われました。廊下を走ったりすると「ご縁談に差し支えますよ」と。

美智子さまは同じ四谷雙葉の幼稚園ご出身でそのあと聖心へいらっしゃいましたが、一つ違いのお従姉さま（現在俳人の柚木紀子さん）が私と同級生でした。

美智子さまのご結婚がいよいよお決まりになるという時、私たちはもう高校を卒業していたのですが、私たちの学年と一つ下の美智子さまと同学年の中から何名か選ばれて、学園にある修道院の中の、普通は入れない特別応接室に通されました。校長様が僧服で出ていらして、

「今日は皆様に大事なお話がございます。今日の方々は特別な方ですので、これからのお話はよくお聞きになってね。未来の皇后様におなりになる方がこの学校からお出でになることになりました。ほぼ確定でございます。世間は少しずつ騒ぎ始めておりますが、まだ本当の報道になりませんから、今日、皆様は初耳としてお聞き下さい。お聞かせしてよいという方だけお呼びしております」

とおっしゃいました。私たちは緊張して、出して頂いたお紅茶もクッキーもどう手をつけたらよいのかわからないくらいでした。

「これから騒ぎが大きくなって、マスコミがインタビューで雙葉時代のことを聞きに来ます。今日お呼びした方たちはクラス委員などなさっていた方たちだから、マスコミが訪ねて来やすい。その時、何をおっしゃっちゃいけない、何をお話しなきゃいけないということは申しませんが、良識を持って、責任ある立場でお話を受けているということをお忘れにならないで下さいね。今日、お家へお帰りになっても、大事なお話を学校から聞いたというだけにしておいて下さい」

今でもこの時のことを鮮明に覚えています。

女優志望

高校一年の時、就職するか受験するか家庭に入るかでコースが分かれたのです。教科書も違うんですね。私は家庭志望でしたが、実はその頃芝居に凝っておりまして、クラスの中では時々演劇をやっていたのです。学校で演劇部に所属して、それでもミッションスクールですからおとなしい劇を、校長様のお祝い日に各学年がピアノとか日本舞踊などいろいろ発表するのですが、その時に先頭に立って旗を振っていたのです。

弟に英語を教えに家へ来て下さっていた慶応の学生さんが、後に劇団四季の演劇をなさった浅利慶太さんの少し先輩だったのです。それで観に行ったりして面白くなり、演劇部に入ってクラスの学芸会係もするようになりました。

学習院短大へ進みましたら、大学の演劇部には作家の吉村　昭さんがいらした。そこで私は役者だったんですよ、サルトルなんかやってしまって。何もわかりませんでしたが、加藤治子さんが文学座で演じられたお芝居。その当時文学座の脚本などにもお力を発揮なさっていたフランス文学者の鈴木力衛先生が、学習院の仏文科の教授でいらっしゃいました。その鈴木先生が翻訳なさったものを、文学座に出す前にちょっと学生にやらせてみようと、試演ですね。それでサルトルが来たわけです。『恭しき娼婦』というそのお芝居で、主演のお友達が盲腸になってしまって、そうしたら吉村　昭さんをはじめとする恐い先輩方に呼ばれて、「堀越さん、あなた声が大きいから、代わりに主役をやりなさい」

十日間しかないんですよ、本番まで。台詞は二百七十三もあるのに。

娼婦的な芝居ではなくて、実存主義、思想的なものですから、娼婦の格好はしていても理知的に相手と渡り合うような……演出する先輩も含め、実存主義なんて何だかよくわからず書いてあるセリフをただしゃべっているだけでしたが、かつらは金髪、胸にも詰め物を入れたり当時としては大胆な衣装。それを大学祭の催しなので皇太子殿下（現在の天皇陛下）もご覧になるというので家中で青くなりました。殿下は前から四列目ぐらいで、四十分ほどご覧になったと思います。

その後、三越劇場で「学生演劇コンクール」という催しがあり、学習院も参加しました。私は上級生の代役で出たのですが、二階の最前列で「悲劇喜劇」という演劇雑誌の先生方が採点をしていらして、私は何故か良い点を頂けたのです。ただ「堀越友規子」ではなく、先輩のお名前でしたが、「なかなかやる」みたいな批評を載せて下さいました。

そのようなきっかけだったのですが、私の一学年上に山村みどりさんという方がいらして、この方は後に雅子さまの初代の女官長になられた方なのですが、当時は学生でもプロ級の女優になられて、ラジオのドラマにレギュラーで出ていらしたんですね。民間放送が始まったばかりの頃のドラマは、もちろんすべて生放送なのです。その山村さんが喉を痛められて声が出なくなったことがあって、私は山村さんと声が似ていたとか。

それで「私、声が出ないから貴女、明日のラジオの生放送のドラマに出てちょうだい」「大丈夫、全部教えてくれるから」と言われるので文化放送へ行き、本物の女優さんたちと短い芝居に出たのです。

そうしたらその緊張感が面白くて、病みつきになってしまって。台本をめくる時も、マイクが音を拾わないように手を下にグッとおろしてめくるとか、遠くに居ることを想像させるためにマイクから少し顔を遠ざけるとか、いろいろ覚えるのが楽しくて、放送劇の女優になりたいと思っていました。

ちょうど民放が次々に出来はじめた頃で、女優が足りませんでしたから「セイコー社の時計が八時をお知らせします」などというテストもやりました。日本テレビが出来たての頃、同じ学習院の男の方でその後しばらく俳優になられた方と、学生だから下手だなどと言われないように「頑張りましょうね」と言って、お部屋がないので二人して練習場所としてよく台詞合わせをした芝生の野原が、今のホテルニューオータニのお庭です。

私は小さい頃から浮かれっぽいというのか、すぐ「あれやりたい、これやりたい」となるのですが、何故かその道を開いて下さる方が必ずいらっしゃるんです。女優になろうと思ったら、劇団を世話して下さる方がいらしたり。その劇団には永 六輔さんもいらっしゃって、私と同い年でした。ただ家族は大反対で、当時母は最も大反対。

「私はこの家にそんなことをする子を産むために嫁に来たのではない」と。私の芝居を観たり聴いたりする度に感動して泣くくせに、この時ばかりは猛反対でした。

「家で女優の仕事を反対されています」と放送局で言ったら、名前を替えたらわからないだろうと局のプロデューサーが私に芸名をつけて下さいました。『舟越桜《ふなこしさくら》』という名前でしたが、まあ女優はやはり自分には向かないと思ってすぐやめました（笑）。

鏑木清方先生

私の叔父は、季節の佳い晴れた日曜日には所蔵している絵を箱から出して掛けたり、箱を磨いたりしておりました。

私が「叔父ちゃま、これはうちのお絵なの？」と聞くと「おうちの絵じゃないの。お預かりしているの。どのお絵も先生方からお預かりしている大事なものです」などと申しておりました。

戦後、中学生の頃だったと思います。新聞社や百貨店主催の展覧会などに絵をお貸しすると招待券を頂くのですが、子供には一切くれませんでした。

「今度お預かりしているお絵が出ますから、お友達と一緒に行ってらっしゃい。お小遣いで入場券をちゃんとお買いなさい」

そう叔父は言って、その招待券はうちの番頭や日本橋の店に出入りしている者に「勉強になるからご覧なさい」と渡しておりました。

学校から、いい展覧会があったらご覧なさいと言われて、鏑木清方先生が他の先生方とご出品の展覧会があった時に、学校の帰りなぜか一人で見に行きました。これはすごいと子供心に思って、初めて清方先生の素晴らしさを感じて、それを作文に書いたところ受け持ちの先生が学校新聞に載せて下さったのです。それを持ち帰った時、母や叔父が大騒ぎしてこれは清方先生にお見せしよう、あなた一人で行ってらっしゃいと言われて、鎌倉のお宅へ伺うことになりました。

先生は画室で描いていらっしゃいましたが、奥様がその新聞を先生にお見せになったようで二階から降りていらっしゃいました。私はもう新

聞をお渡ししたらすぐ失礼しようと思って緊張していたのですが、清方先生が、

「まあお嬢ちゃん、ようこそ」とお座りになって、

「あたくし今、これを拝見しました。あたくしの事をこんなに新聞に書いて下さって、本当にありがとうございました」とおっしゃったので、私はびっくりしてしまいました。

そして「お腹がお空きでしょう?」と鎌倉で一番評判の良いお寿司屋さんのお鮨をとって下さって、ばあやさんが炒り玉子とグリンピースのお吸い物を作って持って来られました。とても美味しかったことを覚えています。

失礼する時、奥様が籠に入ったお菓子を「お母様にお土産にお持ちになってね」と言って、お庭の先の木戸のところまで送って下さり「またいらっしゃいね」とおっしゃいました。先生もお玄関のところで見送っ

て下さいました。

　こちらは子供ですから「今日はありがとう、お母様によろしくおっしゃって下さいね、私は仕事がありますからね」と、お二階へ上がられても良いはずなのに、丁寧にお礼をおっしゃってお食事までお出しになる、この一連のおもてなし、相手を子供と思わずに尊重して下さる、それがどれほど心に残ったことか……。

　再びお訪ねしたある日、清方先生と二人になったことがありました。そうしたら清方先生は、

「あなたはどの絵がお好き？」とおっしゃった。私が、

「金魚屋さんでございます」と答えましたら、

「ああ、『十二ヶ月』の中の六月のね」

「はい。あとは氷屋さん」

　先生は奥様に向かって、

「お嬢ちゃんが今、氷屋さんが好きっておっしゃったのよ」

「ああ、あの赤い襷の。あれは良うござんしたね。あなた、氷はお好き?」

「はい」

そうしたらアイスクリームを出して下さったりして、本当にお芝居の場面みたいでした。

その絵は『明治風俗十二ヶ月』に描かれていたもので、我が家にありました。先生は、戦争で私の家が焼けてしまった時、あの絵も共に焼けてしまったと思っておられたのです。『明治風俗十二ヶ月』は先生が本当に心魂傾けて描かれたものだから、堀越の者に会ってあの絵は、と聞けば「焼けてしまいました」と頭を下げられるのは辛い、十二幅、名も付け想い出もたくさんつまった絵を見たいけれども、それを聞いたら堀越を傷つけることになると我慢していらしたようで、何度叔父や母が伺っても先生からそれをおっしゃることはありませんでした。

十数年経ったある時、ふとしたことから母が、「先生、『明治風俗十二ヶ月』、あのお絵は本当におよろしゅうございました」と申し上げましたら、先生と奥様がハッと目をお上げになりました。

先生は恐る恐る、

「あの絵は……戦争で……?」とおっしゃった。

「いいえ、先生、あれはございましてよ。蔵にございましたから。蔵は焼け残りましたので」

「そう……。まあ……!」

と絶句なさって。もうお暇《いとま》する時のことでしたから、そのまま母を車に載せて鎌倉から帰りました。その翌日、母宛てに奥様から長いお手紙が速達でまいりました。

「昨日はあのお話で主《あるじ》と二人、良かった良かったと言って手を取り合って一晩中泣きました」と書いてありました。

叔父と母はもうびっくりして、先生があの絵にどれだけ心血をお注ぎになったかを更に深く知らせて頂き、一晩お泣きになるとは大変なことだと。

とにかく大切に大切に美術倉庫に預けてある『十二ヶ月』をお目にかけようということになって、それから母は奥様に、

「お手紙を頂いて家中本当に喜んでおります。つきましては『十二ヶ月』を先生にお目にかけたいと存じます。いつ参上いたしましょうか」

と電話をかけました。

「もう、いつでも結構でございます。お宅様のご都合の宜しい時に」と、いつも相手をお立てになって、そちらのものだから拝見したいとすらお口になさってはいけないと思っていらっしゃるのです。

さてお約束の日、清方先生の『十二ヶ月』を車に載せて、叔父と母と

三人して鎌倉へ伺いました。普段先生は、朝八時か九時頃画室にお入りになられるのに、その日はずっと待っていて下さいました。

「どうぞごゆるりとご覧下さい。私共はほかに鎌倉で用事がございますから、こちらへお預けいたします。また後日にお伺いはいたしますが、どうぞ三ヶ月でも四ヶ月でも、半年でも、先生のものでございますから、お心ゆくまでご覧下さいませ」

そう言って失礼しようとしましたら「夕方またお寄り下さい」とのこと、その通り伺いましたら、お絵はもうきちんと十二幅しまってありました。そして先生がきちんと居ずまいを正して、

「堀越さん、ありがとうございました。この絵は私がいろいろと苦心しながら描きましたものでございます。確かに私のものでございますが、戦中《いくさちゅう》にこんなに綺麗なままでとっておいて下さるのは、本当に大変なことだったと思います。心から御礼を申します」

奥様とご一緒にお手をついて、それはそれは丁寧におっしゃいました。

叔父と母が、

「先生のお作品でございますから、どうぞいつまでもこちらに置かせて頂いて、今日はこれで失礼申し上げますから」と申し上げても、

「潮風に当ててはいけません。これは堀越さんに持って頂いたものだから、堀越さんのために潮風に当ててはいけない。どうぞお持ち下さい。本当にありがとう存じました」とおっしゃいました。

私たち三人も最敬礼のお辞儀をして……一生忘れられない場面です。

叔父と『明治風俗十二ヶ月』

叔父泰次郎（父の弟）はずっと独身で私たちと一緒に住んでいましたので、生まれた時から私をとても可愛がってくれました。私を最初に抱いたのも父ではなく叔父だったそうです。いとこ達にも「叔父様は友規子ちゃんが一番可愛いんだから。何でも言うことを聞いて……」と言われるくらいでした。私も、父には家中で一番偉い人と思って距離を置きましたが、叔父には相当わがままを許してもらいました。

小さい時から、日曜日などいろいろな所へよく連れて行ってくれまして、宝塚でも新劇でも一緒に行きました。また大変な食通でもあったので、戦争が烈しくなるまでは「お行儀のおけいこ」と称して帝国ホテルや横浜のニューグランドホテルへ、弟と連れられて行きました。

作るのも得意で私が料理教室へ通っていた頃、家に帰るとその日に習ったものを作らされるのですが、途中で何か相談を持ちかけて手伝ってもらい、何かとおだてて、とうとう全部作ってもらったりしたものです。

特に美術は好きでとても勉強していました。若い頃、本当は美術学校へ入りたかったらしいのです。でも、商家の三男坊は読み書きソロバンが出来れば良い、と入学は許されなかったのです。それがとても残念だったのでしょう、それからは専ら鑑賞者の側で過ごしました。

それで叔父は、私と弟がよちよち歩きの頃からお供も連れて美術館へ行き、絵をじっくり見て家に帰ると、何が描かれていたか父に報告させるので、私たちは大変でした。童画ではないので弟など「モウモウ（牛）が三つ」などと言うと「モウモウじゃないでしょ、オウマでしょ」などと訂正させせられたりしていました。

美術館のあとは美術学校（現在の東京芸術大学）のご門前へ行って「いいですか、ここが美術学校ですよ。オカクラテンシンさんですよ。ヨコヤマタイカン先生もいらしたのですよ！」と何度も何度も言い聞かされます。弟はもうイヤになって泣くし、私は仕方がないので大きく深呼吸をして、芸大のご門に向かって丁寧に最敬礼を何度もいたしました。そうすると叔父は納得して、私たちはやっとデザートのアイスクリームが楽しみなお食事に行かれるのです。

家で日頃使う食器も河井寛次郎さんや清水六兵衛さん、魯山人さんのものなどでした。今思うとすごいことですが子供心に、

「友達のお家で出てくる食器は赤いきれいなバラが描いてあったりするのに、家の食器は茶色や黒のものだけで恥ずかしくてお友達を呼べない」

などと母に訴え、ピーターパンの絵か何かの食器を買ってもらったり

したものです。叔父には気の毒でしたが。

また、春秋には社会勉強のつもりだったのでしょう、郊外の田畑の畦道を歩かされたり、お百姓さん達の稲刈りの様子を解説つきで見学させられたりしました。

大人になってからは、気の置けない叔父とのやりとりが可笑しくて、町先生のところでお手伝いをするようになってからでも、

「叔父様、お金を下さい」と言うと、

「お前さんにあげるお金はうちにはないです」

「どうして?」

「お前さんは夜中まで働いて、どう見ても月に二千万くらいの稼ぎはある。そういう人にお金が欲しいと言われても、とても失礼で一万や二万包むわけにはいかない(笑)」

とんちはあるし、私のいい喧嘩相手でもありました。美術のことは毎

日のように教えてくれました。

私たちの父は戦後すぐ亡くなり、しかも私の父を含め二人の兄が早くに亡くなったため、叔父は自分ではあまり気が進まなかったと思いますが跡を継がざるを得なかったのです。商売のこと、家のこと、大変苦労をしてくれました。でも、美術のことは先生方とのおつきあいもあったので、頭から離れなかったと私は察しております。

そんな叔父にとって、鏑木清方先生が叔父を良き話し相手にして下さったことはさぞ嬉しかったでしょう。叔父が鎌倉へお伺いすると先生は画室で待っていて下さったり、下へ降りていらしたりしてご自分の絵のことや、当時の横山大観先生のご様子などいろいろな話が出来るのを楽しみにされていて――今でも目に浮かびます。

「今日《こんにち》はいい塩梅でござんした」

「少し蒸しますね。ところで堀越さん、いかがでござんすか、この節は。

実は孫が、ご奉公が決まりましてございます」

「それはそれは良うござんしたね、どちらへ」

「お酒屋さんのようでござんすよ」

「ああ、それは結構でござんしたね。で、どちらのお酒屋さんで」

これがサントリー株式会社のことだったのです。江戸っ子同士ですから、こういうやりとりが先生も心地よいご様子で、先生は叔父を「心の友」と思って下さり、叔父は先生を「心の師」とお慕いしておりました。


叔父が亡くなって二十数年後、養女となっておりました私は、あれほど美術学校へ行きたかった叔父の心を活かそうと、思いきって懇意にして頂いていた美術館の倉田公裕先生にご相談し、叔父が所蔵しておりました鏑木清方先生の『明治風俗十二ヶ月』を美術館に入れて頂いてそれを資金に美術学生のための奨学基金とすることを思いつきました。

本人はさぞ恥ずかしがるだろうとは思いましたが「堀越泰次郎記念奨学基金」と名付けました。倉田先生はじめ武田　厚先生、小林　忠先生（箱根の岡田美術館館長）、真室佳武先生（東京都美術館館長）、尾崎正明先生（元京都国立近代美術館館長）など、諸先生方にご協力を仰ぎ審査員にもなって頂きました。

平成十二年頃から準備して八年ほど、毎年関東地区の代表的な美術大学から推薦して頂いた学生さん十数人に審査を受けて頂いて、実技五名、論文一名の方に奨学金と称してささやかなものをお渡しすることができ

堀越泰次郎記念奨学基金第二回贈与式

ました。

叔父はいつも表に出ることを嫌い「地味に地味に裏方」の人でしたから会場には小さい写真を置き、その前で私は学生さん達に向かって、「憧れの美術大学の学生さんである皆様とお友達になれた、と本人は喜んでいると思います。ですから皆さん、そういう気持でお受けになってね。ご自分の勉強を貫いて下さい」とお話しました。

その方たちはそれぞれ別の大学に通っているのに、その日から皆でお話が盛り上がって携帯番号を教え合ったり、とても仲良くして下さって、連絡もよく取り合っているそうです。今はもう立派になられて美術館の学芸員や評論家、美術大学の先生などになられた方や、画家として活躍されている方もあって本当に嬉しく、叔父がニコニコ恥ずかしそうにしている顔が浮かんでまいります。

後日、鏑木先生のご遺族には『明治風俗十二ヶ月』が東京の国立近代美術館に収められたこと、その資金で奨学金制度を作ったことをご報告いたしました。

町　春草先生

私が町　春草先生のお稽古に入れて頂いたのは、先生が確か「婦人画報」などのグラビアにお出になっていらした頃ですから、昭和三十三年頃のことです。

銀座三越の裏に「ゑり円」さんという老舗の呉服屋さんがあって、そこで母は着物を頼んでいました。

昔はお稽古事と言ったら、先生のお宅へ伺って教えて頂くのが当たり前ですが、その時「ゑり円」さんが建てたビルの中で、今でいうカルチャーセンターのはしりでしょうか、月曜と火曜はお茶、水曜は踊り、木曜がお習字という風に当時で言ったら画期的なお稽古場が開かれるということになったのです。

一流の先生、女性の憧れの先生方に「銀座のゐり円でございます」ということでお願いして、塩月弥栄子先生や町　春草先生、尾上菊音さんという踊りの先生、お花は守谷紅沙先生、皆さんすごく女性として素晴らしい先生ばかりにお願いして、毎日通えばお料理やお裁縫以外は大体習えるという素敵な企画。町先生は火曜と水曜とお出でになる、とお店に写真が出ていました。

私はたまたま母に「あの帯を取りに行って来て」と言われてお店に行ったのですが、前々から婦人雑誌のグラビアで先生のことを拝見して憧れていましたのでその写真を見て、更にもうじっとしていられず大久保さんという番頭さんに、

「上にいらっしゃる町　春草先生って、すごくおきれいよね。先生ご本

人がお稽古にお出でになる、素敵ね。私もああいう先生にお習い出来たら……って思うのよ」と言ってしまいました。

そうしたらすぐに「お嬢ちゃん、行きましょう」と、その日はお道具もお金も何も持っていないのに、と戸惑うと、

「行きましょう行きましょう、お嬢ちゃんにその気があるんなら、私がご紹介しますすよ、すぐ。お稽古なさったらいいですよ」と言われてしまい、連れて行かれました。

四階まで階段を上って、奥の何か鰻の寝床みたいに長いお部屋が二つ、一つは塩月先生、こちらは町先生、ちょちょっと入って行って番頭さんは「あ、ちょっと先生のところへ」と、先生がお直しをしていらっしゃるところへ入ってしまいました。

先生は、着物の寸法か何か聞きに来たのかと思われたらしく「何なの？大久保さん、え？」などと言っていらしたと思います。それで「あ、そ

う。ちょっとあなた、待ってね」と生徒さんに言って赤い筆を置いて、出ていらっしゃいました。番頭さんが、

「こちら、うちのお得意様で」そうしたら先生が、

「じゃ、今日からなさったら？」

なんてきれいにおっしゃるものだから、うっとりとして私は「はい」と言ってしまったのです。

その時先生はとてもお優しかったので、後から考えると「来月から、よく考えてから参ります」と言っておけばよかったかしら……と思いましたが（笑）。

もうその日からお道具を貸して頂いてお稽古が始まりました。その後運命がどう開けるかとは思いもしなかったのです。そして、いつもの先生はそういう風にして「今日から」という入門をお受けにはならないと、私は入ってからわかったのです。

そして数年経ちました。

ある日のお稽古の時、いつものように書いたお清書を先生にお見せしてお直しをお願いすると、先生が「あ、ちょっと」とメモ用紙に数字をお書きになって、

「ちょっとね。あなたのお母様にお話があるの。この電話番号は私のところへ直通だから、電話下さいってお母様にお話してね」

とおっしゃいました。母は二度ほど先生にご挨拶したことがあるだけでしたから驚いて、

「あなた、また何かしたんでしょう？」

「いや、そうじゃないんだけど」

「じゃ、とにかくおかけしてみよう」

と指定された時間におかけすると、

「ちょっと友規子さんのことでお話があるから、ご一緒にいらして下さ

い」

それでご自宅へ二人で伺いました。母が、

「先生にはいつもお稽古して頂いて」とお礼を申し上げると、

「ああ、お稽古ちゃんとやっていますよ。それで今、友規子さんに縁談はありますか？」

「いえ、貰い手などございませんで」

「じゃ、いいわ。私がもらいます」とおっしゃったのです。そして、

「あなた、今ほかのお稽古は何かしている？」

私がいろいろ申し上げると、

「じゃ、これから一ヶ月の間に全部辞めてきて」とおっしゃり、

「お母様、私はとにかくお預かりしたら最短距離を走らせますから」

「えっ？」

という会話。忘れられない言葉です。そして母に、

「何か条件はありますか？」とおっしゃいました。

母は「どんなにお使い頂いても減らないほどの鈍感でございますからどうぞビシビシお使い下さい。ただ一日一度、何時でも結構でございますから家へお帰し頂きたい」

こう言ってくれて本当に助かりました。おかげで住み込みにならずに済んだのですから。

「わかりました。必ずお帰しします」

母は町先生のことは尊敬していましたし「私はもう娘を手放したのだから私のものではない」と、何時に帰ってこようが心配する素振りは見せませんでした。

日が経つにつれ帰宅はどんどん遅くなり、たいてい帰るのは夜中の二時、三時の時も多く、叔父は怒っていましたが、母は必ず帯も解かずに起きて待っていてくれました。たまに八時頃帰ると、

「どうしたの、何か先生のお気に召さないことでもしたの？」

「いいえ、今日は先生がお出かけで帰りが遅いから、もう帰ってもいいっておっしゃるから」というくらいでした。

本当は親戚の者からも「女の子が夜中に車で帰って来るなんて、水商売勤めじゃあるまいし、そんな所辞めさせろ」とか、いろいろ言われていたらしいのですが、私には一切言わずにいてくれました。

先生は私に「結婚はむずかしい」とはっきりおっしゃいました。実はたまに縁談はあって、どうしても今度会うことになっているぐらいの時に限って、私は先生に何も申し上げず普段通りにしているのに、

「あなた今、お話があるでしょう？」

と見抜かれるのです。

「はい。あの、普通のサラリーマンの方で」

「あ、ダメよ。お習字を捨てられないって言うのよ」

乱暴なようですが、今考えれば結婚するなということは、先生が私をずっと側に置くつもりだということですから。他の同年代の人には、「あら結婚のお話があるの？　良かったわね。いつ？　まあ名古屋の方？　じゃあお稽古続けられないわねえ」などとおっしゃっていました。

私が何か賞を頂いた時にインタビューがあって、ちょうど年頃でしたから「ご結婚は？」と聞かれたのです。「貰い手がなくて」などと答えかけたら、先生が風を切るようにサッといらして、

「この人の結婚は私が取り上げました」

とはっきりおっしゃいました。

もし「どうしてもこの人と結婚したい」という人が現れたら先生もわかって下さったかもしれませんが、そういう方も現れませんでしたね。

修業時代

町　春草先生はとてもシャープな方でした。私がお稽古お手伝いの時代、先生は本当にお忙しかったです。本の題字の仕事、お芝居のタイトルなど何でも先生がお書きになると当たりました。商品の名前、芸術座のお芝居『雪国』のタイトルや、ナショナルのステレオ『宴』のポスターは銀座の四丁目の空に堂々たるものでした。

最盛期は昭和三十年頃からで、毎日毎日注文をこなすこと、そしておつきあいもいろいろあり、もうお稽古場どころではありませんでした。それでも一点につき三枚書いたら終わりなのです。それで似ているのがないというか、たとえば資生堂が香水を作って『舞』という題でございます、と注文が来れば先生は「もうそれでいいです、商品の説明聞かなくて」とおっしゃる。聞いてしまうとダメなのだそうです。本の題字にしても、有吉佐和子さんのものもあれば松本清張さんのものもあって、私は先生のご機嫌が良い時に、

「先生、週刊新潮で今度はじまった松本清張さんの小説ですけれども、あれは先生が内容を聞いてからお書きになるのですか?」と伺うと、

「内容なんてちょっとしか聞かないわよ、だってあなた、連載っていうのはこう、始まってからだんだんずうっと続いていくんでしょう? タイトル書く時に全部わかる訳ないじゃないの。たいてい、あなたの言うことはそういうバカなんだから」

道端でも何でも大きな声でやられました。

川端康成選集のお仕事の時、町先生はたぶん二十六、七歳くらいでし

たか、書が本当に初々しくて瑞々しくて、川端先生もとても喜ばれたそうです。

先生は「苦労して書いた」ということはありませんでした。そばに居て紙を用意したりしましたが、本当に何も苦労なさらず書けてしまうのです。

「先生は何でもすぐにひらめいていいですね。先生には神様がついていらっしゃるんですね」と申し上げた時、

「一つだけ苦労したものがあるのよ」とおっしゃいました。

それは新宿コマ劇場の『回れ回れコマ』という大きな額で、劇場まで見に行きましたが、とても素晴らしいものでした。これ以外は「あれがなかなか出来ない」などとおっしゃったことはありません。

私は作品用の紙を切る係でしたが、一作品に二枚ぐらいしか必要ないのです。何十枚も切ると「私のことがわかっていないの？もったいな

いじゃない、紙をそんなに切っちゃって」と叱られました。

それでもいつも五枚ぐらい切りましたが、一、二枚余ることが多く、足りないということはありませんでした。

作品を書かれる時は夜中にお一人で、墨もご自分で磨られて筆も用意し、書いている所を人にはお見せになりませんでした。朝にはもう完成して筆も洗ってあり、どの筆を使われたかもわかりませんでしたが、特殊な筆はなく、ほとんど私たちが使っているものと同種でした。

ある著名な写真家が先生にお仕事を依頼されたことがあります。見開きいっぱいに京都の有名な芸妓さんが二人、頁の下の方で蛇の目傘の中に顔を寄せ合って話をしている。大胆な構図で何とも素敵な写真、そこに『色』という字を書いて欲しいということでした。

「この写真の色校正を置いてまいります」と言うのを、

「あ、ない方がいいんです」と持ち帰らせ、三日後に三枚ほど書き上げられました。その『色』の字が何ともぼってりとして妖婉で、その写真にピッタリ合っており、やはり大反響でしたね。

日本中が戦争で焼けてしまって、何もかも全滅して、これから新しい形で行くという高度成長時代にぴったりのスタイルの表現でお仕事を生み出す方だったと思います。新しい感覚でそして美しい方。文字が出ると同時にお顔も出る、だからピッタリ。テレビに出演なさったり、もう対談で写真撮影なんて言ったらカメラマンもうっとりするくらい綺麗でした。お召し物のセンスも抜群。応接の間の襖を開けると弟子たちが控えていて、

「今日はご機嫌よく話していらっしゃるから大丈夫よ。こちらはこちらでお仕事をやっておきましょう」

「いやいや、いつご機嫌が変わるかわからないわよ」

などと言い合っていました。先生は対談中「本当にそうですわねえ」などと機嫌よく言いながらたった二秒、弟子たちの方を向くとお顔つきがパッと変わって「お茶不味い！」と一喝。対談が終わるとすぐさま、「誰これ？　今日お茶を入れたの。堀越さんでしょ！」「違います」なんて言おうものならまた長くなるので「はい」と言うと、「本当に心がこもってないの！　入れりゃいい、黄色くなってりゃいい、って出すもんじゃないの。そういうことだから字もダメなのよ」

初めの頃は泣いていましたけど、いつももう止まらないのです。とにかく素晴らしく早口でまくしたてる。書いたものを見て頂く時も、「こんなにたくさん書いて、これ、みんなボツだわ。うん、みーんなボツ。全然ダメ、今日のは。だけど身体は丈夫ね、これだけ書けたんだから体力はある」とおっしゃる。もう、何を言われても鉄のようにならなくてはいけなかったのです。

ある時は婦人雑誌が百冊届いて来て、九十八冊までは行き先がわかった、あと二冊がわからないということで、私は家に帰っておりましたのに「すぐ来て下さい」と夜中の二時に電話でお呼びが来て、それから車を運転して行きました、その二冊のために。十冊失くなっても何もおっしゃらない時もあるし、その二冊にこだわられる時もある。

弟子の中でも少し上になると、私の答えひとつで皆が帰れるかどうかが決まりますから、先生のご機嫌がもう危なくなってきた、と思ったらまかり出でて、

「先生、それは私でした」と言いますと、

「そうでしょう、あなたぐらいよ、こんなバカなことやるのは」で通っておりましたが、そのうち先生も頭が良い方だから、

「あ、先生それは私でした。この方じゃございません」と言いますと、

「ちょっと堀越さん、そこへ座りなさい。あなたもね、だいぶ人間が悪

くなったわね。最初は本当に純粋だったけど、だいぶスレて来ましたね。みんなを早く帰そうとして、私がやりました、私がやりましたって言えばいいと思ってるんでしょ。墨の色が濁ってきたのは、そのせいなのね」

でもバカはバカなりに可愛がって下さっていたのでしょうか、今思えば、私にはおっしゃりやすかったのかもしれないです。どんなにミスしてもこの人には言わない、上級生の内弟子のお姉様には言わずに私の方へ向かって来たりして、ご自分でその方におっしゃれば良いのに、なぜ私が受けなくちゃいけないのかしらと思ったり、でも先生にはそう言えません。どこかお弟子さんを恐がっておられる時もありました。先生は選っていらしたのでしょう、当たり所を決めていらっしゃいました。

でも、いろいろな方が励まして下さいましたね。髙島屋の重役の方がお二人、応接間で先生を待っていらっしゃる間、私が障子一枚隔てた部屋で作品のことで先生にものすごく叱られたことがあったのです。

私が先生にボツにされた作品を泣きそうになりながら片付けていたら、お話を終えられたそのお二人が通りかかられて、

「さっき先生に厳しい注意をされていたのは貴女ですか。貴女を一番買っていらっしゃるから、あそこまで言われるのですよ。ああいう厳しさは普通の人に対しては出来ない。しっかりおやりになって下さいね」

とおっしゃった時、涙がポロポロ畳に落ちたのを覚えています。

励ますと言えばある日、例によって先生に作品をたくさん落とされて、それを全部車の後ろに詰め込んで帰る途中、耐え切れずに神宮外苑に車を止めて一人で泣いていたのです。そうしたらお巡りさんに不審尋問されてしまって。いいお巡りさんで、私を車から降ろし、どこからか新聞紙を引っ張って来られ、外苑の芝生の縁石に私を座らせて事情を聞くと、

「雨の日もあれば照る日もある。人生いろいろですよ。今日は落ち込んでどん底へ叩き込まれたかもしれないが、先生も悪気で言っているので

はないでしょう。晴れの日は自分で作らなければ」と言って下さって。今の時代ではもうそんなことは決してないと言えるでしょう。かえって危険かもしれません。思えば本当に人に恵まれていたと思います。

先生のところを何度辞めようと思ったかしれません。でもさんざん私を叱ってから二階へ上がられると「堀越を呼べ」とおっしゃって。「また怒られるんだ、かわいそうに」と皆は思っていたのです。ところが二階へ行くと、さっきまで怒っていらした先生が「この豆は美味しいのよ」と、お箸を持って来させて、取り分けて食べさせて下さるのです。こんなことは私だけだったかもしれません。

「やっぱり先生は私を可愛がって下さっているんだ。さっき怒られたのも可愛いと思って下さっていればこそなんだ」と信じていられました。私だけに厳しいことをおっしゃるのも、何とか一本立ちさせようという、そしてご自分の弟子として恥ずかしくないようにというお気持あってのことだったのでしょう。

私が入れたお茶だけ「不味い」と怒られるのも、先生が毎日嫌なこと、お辛いことがたくさんあって、それを「お茶が不味い」と言うことで発散しないではいられないからで、先生は、本当は「ちょっと言い過ぎた」と気づいていらっしゃいました。私が反抗せず「はい」と聞いているその素直さを買って下さっていたと思います。

一方、町先生は良いと思うものは取り入れて下さいました。身を乗り出すように見て下さって「ふーん、ああ、そうですか……」と頷いて、あとのお弟子さんは明日に回して、今日これからの一時間は全部あなたにかけます、という風にして下さるのです。「表装の色も決めたわ」などとおっしゃって。

そして先生は褒めるとなったらすごいのです。先輩がすごいものを公募展のために書かれた時は、お弟子さんだけでなく、それこそ松の木を

剪定している植木屋さんからソケットを直しに来ている電器屋さんまで全員呼び集めて、その方に作品を掲げさせて、

「すごいものを今、この人が書きました。なかなかこれほどのものは書けませんよ」

植木屋さんも電器屋さんも訳が分からず仕事を中断させられて迷惑顔ですが先生はおかまいなしで、

「ちょっと笹寿司に電話して、特上二人前注文して」

先生とその方の分です。大変な光栄なのですが、お寿司が来るまでに何か先生のご機嫌を損ねると、

「お寿司、一人前でいいって電話して」

私が何か手柄を立てた時でしたか、先生が「あなた、黒地の着物が欲しいって言ってたわね。……ちょっと、堀越さんにね、三番目の引出しにある黒地の着物あげなさい」と着物係におっしゃるので、

「そんな大変なもの頂いては」と言うと、
「大変じゃないの。私があげるって言ったんだから、着て頂戴」

　とても気前がよろしくて――。
そんなところもあり、本当にありのままで可愛い先生でした。

町　春草先生

　先生に雅号を頂くのには試験があるのです。お手紙文、楷書、行書、草書、俳句、和歌、地名など十三種類あり、町先生と大先生（飯島春敬先生）に見て頂き、初級、二級と上がって行くわけです。

　そして雅号を頂くところまで行くと、頂きたい名前を五つ書いて来るように、と言われます。町先生の「春」か「草」の字を頂きたいと思って「草苑」を一番に書いて、あと三つ「草」のついた名を書いたのですが、最後の一つが思いつかず「いつも朱墨で直して頂いているから」と「春朱」にしておこうぐらいの気持で書いたら、当日先生がいらして、

「あなた、良い名前になったわよ」

てっきり「草苑」だろうと思っていたら、別の方が「草苑」になり、私は「春朱」になりました。飯島先生からお酒を盃で頂きました。

町先生のお供

川端康成先生がノーベル賞を受けられた時、町先生を含め大勢の方々が発起人になられ、ホテルで大祝賀会が開かれました。

各界名士の面々が大勢お集まりとあって、先生も素敵なお着物でお出まし。そして私たちもお供をさせて頂くことになりました。

皆様へのおもてなしは銀座の有名バーのマダム、そして大勢のコンパニオンでした。中でも中心になられたのは文壇バー『エスポワール』のマダムでした。このマダム川辺るみ子さんは特に有名で、三島由紀夫さんが『花ざかりの森』で世に出られた時にエスポワールへ連れられて来たら「坊っちゃん（まだ十代でしたから）、まだお若いわ」と追い出したことがあり、三島先生は後々まで「マダムに追い出された」と語り草にしておられたそうです。

私たちが先生方のお荷物の番をしながら、ホテルの広間の隅で固まっていたら、川辺ママは先生方のお席だけでなく私たちのところへ来て、「お嬢さん方、ご苦労様です。皆さん、お弟子さんですね」と頭をさげて下さって、さらにコンパニオンさんに、「この方たちはずっとここで先生方を待っていらっしゃるんだから、何か差し上げて」と言い、飲み物を出して下さいました。

お商売のことだけでなく、こうした心配りから従業員のしつけまで行き届いていていて、ここの出身の方がご自分で店を開いていても「エスポワール出身」というだけで信用されたそうです。

赤坂の日枝神社の近くに、長谷川一夫さんが出された『加寿老』というお料理屋さんがありました。先生がどこかの会社の方を五、六人この店で接待なさった時「ついて来なさい」と言われてお供させて頂きました。

『加寿老』では下足番さんから女中さんまで、どういう人が先生のお供で来ているかをよく見ていて、帯が曲がっていたりすると、「お座敷へいらっしゃる前にちょっとお直ししましょう」と直して下さったり「お廊下を歩く時は歩幅を狭めて、少し斜めに踏み出すと裾がきれいですよ」と教えて下さったり。

あの時代にはそういうしっかりした方が働いていらっしゃいましたね。本当にあらゆることの勉強になりました。

先生に抜擢されればそういう所へ伺えるので、どうしたらまた連れて行って頂けるだろう、お礼を申し上げるだけじゃダメだと思い、ノートを一冊作って「何月何日、お客様はどういう方、お席順はこう、お座布団の柄、布地、この器は魯山人と思う」など、わかる範囲で記録することにしました。

美術に明るい叔父がいましたから「こういう絵のお軸で、栖鳳さんと思うんだけど」などと相談できたのも幸いでした。そして一週間以内に、「先生、お供させて頂きありがとうございました。ご馳走様でした。これ、後でお読み流し下さい」と、ノートを提出しました。

すると、翌日先生が、

「よく見て来たわね。この次もまたあなたを呼ぶわよ」

と言って下さいました。

先生は大胆な方で、一番困ったのは料理屋さんへ行くと私にお財布を丸ごと預けてしまわれるのです。中にポチ袋も入っていて、

「あなた、お座敷が終わるまでに（ご祝儀を）全部やっておいてね」と

おっしゃって「誰にどのくらい」とお聞きする隙もありません。母や叔父がしていたことを思い出しながら、叱られてもいいから自分でするしかありませんでした。もうお料理どころではなく、味もわかりませんでした。

お客様をお見送りして、先生と一緒に帰って来て、「先生、ご馳走様でした。行き届きませんで、申し訳ございませんでした」と先にお詫びをすると、

「この人へのご祝儀はちょっと多いわね！」とご注意もありましたが、

「この人、私言わなかったけど渡した？」

「はい、私の一存でしたが」

「ああ、良かった」

そう言われる時は、本当に嬉しかったものです。

先生のお買い物のお供も大変でした。先生はこちらの売り場で、「これ、十個ね、これとこれは中熨斗、こちらは外熨斗、私が書きますから」と頼み、包ませている間にもう次の売り場でサッと探して、「これはいくつ」と頼まれる。とにかく早いのです。普通の方が半日かけてなさるような買い物を小一時間で済ませてしまいます。

決断のいる買い物のお供の時は、

「あなたの今日の着物じゃ、和光へ連れて行けないわ。別の人、連れて行くわよ」となります。

先生はいつも「お稽古に行く着物」ではなく「銀座へ行く着物」でいらっしゃるので、私たちも常に草履だけ替えれば何処へでもお供出来るように、などと気をつけておりました。あの若さがなければとてもついて行けなかったと思います。

『素《そ》』で向き合う——日本画家 牧 進先生

昭和三十七年頃のことだったと思います。書を習い始めてから、だんだん深入りして作品制作ともなると「これは絵心が大事だな」と思いまして、よく展覧会へ足を運ぶようになりました。特に日本橋三越で定期的に開かれていた『川端龍子展』へはよく行きましたし、家にも先生のお作がありまして「龍子先生」「龍子さん」、時々「川端先生」と叔父が言いながら絵を掛け替えておりました。

ある時、展覧会に『神苑の五月』という百五十号か二百号ぐらいの八ツ橋に菖蒲の絵がありました。龍子先生のお弟子さんの作品で、パーッとそこに惹きつけられました。それに「奨励賞」という、賞としては一番若手の方が受けられる賞がつけられていました。

「ああ、すごい、この心意気」

荒々しくなく何とも瑞々しく、

「そうだ!! この方だ」と思ってしまったのです。それでもう家へ飛んで帰って叔父に言いました。

「今日は本当に良かった、龍子展へ行ってね……」

叔父は私に絵を見せたくて仕方がない人なので、私が展覧会へ行くのは大喜びです。

「どうでしたか」

「良かったんですけれど、その中で私が教えて頂く先生が決まりました」

「何という先生?」

「牧進《まきすすむ》先生です」

その頃、叔父のところへ三日に一度くらい、美術商の寿泉堂さんのご主人で中川さんという方が絵の話で来られていました。数日後、私は中川さんが見えた時に言いました。

「中川さん、私、決まったのよ」

「何ですか？　ご縁談ですか」

「違う違う、そんなことじゃないの。私、絵をお習いするんです」

「それは良かったですね。どなたです？　私に言って下されば、私がご挨拶に行ってちゃんとお話をつけますから」

「そうですか、じゃあお願いいたします。龍子展に伺いましたら……」

「ええ？　龍子展の中にそういう方がいらっしゃるかね」

「牧　進先生とおっしゃる方」

「え？　私は知らないねえ。習うということは、その方のいろんなものに染まるということですよ」

「そうですよ。だから大事なのよ」そして中川さんは、

「いや、私がお願いに行くとしたら……川合玉堂先生はもう青梅にいらしてしまったから難しいけれども、例えば前田青邨先生のところには若い人も（平山郁夫さん達のこと）おられるし、いろんな先生がおりますよ。奥村土牛先生のところにもいい方がいたしね」

と言われました。私は、

「そういう先生はダメなの。すっかり大成なさっていて、とにかくそういう風にお描きなさい、はい、お手本あげますから。それではダメなのよ。今ご自分が苦労されていて燃えていて、この分身をあなたにあげますっていうくらいの方じゃないと。私はどうしても牧先生に決めたんだから、中川さん、ぜひ協力して下さい」

「私はそういう方は知らないしなあ……龍子先生のお孫さんで良い方がいらっしゃるんだけど……」

中川さんは困っていました。そうしたら当時中川さんの寿泉堂さんで修業中だった廣田龍思さん（現ギャラリー広田美術会長）という方が、ちょうど家の廊下で待っておられるうちにこの話を聞いていて「牧　進君は私の友達です」と立ち上がったのです。

「ああ、廣田さん良かった」

「中学の時の同級生です」

「お嬢ちゃん、龍思の友達じゃあ、お稽古だなんて私が困ります」

「中川さんが困らなくて良いのよ。廣田さん、お願いします」

廣田さんは龍子先生のお宅へ箱書を頂きに伺った時、牧先生に書生部屋で久し振りにパッタリ会ってから、時々電話でやりとりをして展覧会の話などもしています、との話。

「ぜひ行ってお願いして下さい。お願いします」

中川さんはしょうがないといった顔をして、叔父も「言い出したらどうせ聞かないんだから仕方ない」といった風です。そして廣田さんは全権を握られました。

そうしたら牧先生は「廣田君、僕にはそういう時間はないよ」とお断りになったのです。朝四時から大きな百畳敷ぐらいの画室をおから何かで磨いたり、それから先生がお休みになる八時くらいまではお世話をして、先生が何処かへお出かけだったりお休みになってから、自分の絵を描く。自分は今、一筋の道の最中だから人のお稽古なんてとんでもない話だ、と。その時「お嬢さんのお遊びの相手などしている暇はない」と一言おっしゃったそうです。

そこで私はカチンと来ました。良いことをおっしゃって下さったと思いました。この方は素晴しい、と。それで私は、「廣田さん、悪いんだけどもう一度行って。中川さん、廣田さんは忙しい方だけどもう一度行って頂けないかしら」とお願いしました。

中川さんはその頃、叔父の後ろに掛かっていた絵のことでお話がはずんでいる、そういうタイミングだったらしく、ここで話をこわされてはいけないと思われて廣田さんに「いいからもう一度行って来なさい」と言われました。それが三回ほど繰り返されたのです。廣田さんは、「うちの親父さんが、しかるべき芸大出の知り合いの方もあるから、先生として道をつけるからと言っておりますので、あきらめなさったらどうですか」と言われます。

私は「あきらめられない」と言ったのです。何度もお断りというところがいいじゃないかと思ったし、「お嬢さんの遊び相手」という言葉が私に「どうしてもこれは引けない」という気にさせたのだと思います。こんなに頑張ったことはありませんでした。

四回目にとうとう、

「廣田君の顔を立てなくちゃ悪いなぁ。お断りするなら、自分がお宅へ伺ってご本人にお会いして、せっかく言って頂いたが、こういう事情で自分はとてもその任にあたれないということを、僕の口から言えば廣田君も済むだろう。何度も大森まで来るんじゃ大変だし」

牧先生がそうおっしゃって、何月何日、荻窪の家に見えるということになりました。先生はその時間を空けて下さっただけでも大変だったと思うのです。でも私はよぉしと待ち構えていて、

「先生、お願いいたします」と申しました。先生は、

「私はそういう身分じゃない。人の上に立てる身分でもない。今は修業中でございます」とおっしゃいました。

ああ、立派な方だ、この方は、やっぱりあの絵にこのご決意が出ていたのだな、何の下準備も下心もなしに「この方」と思ったことは正しかった、これは私も後へは引けないと思い、

「先生、一度だけでもいらして下さい」と願い出ました。先生は、

「書生として拘束されているから、どこか外で、喫茶店とかで女の人と話すことすら出来ないので、お宅へ伺った次第ですから、本当に時間がありません」とおっしゃいます。

押し問答があって、さらに母も一緒になって「もう本当にわがままでございますけど……」とうとう先生は「じゃあ、よく廣田君と相談します」と言って下さいました。

結局廣田さんの顔を立てて下さって、

「一度だけ拝見しますから、スケッチブックに草花でも何でもいいからお描きになっておいて下さい。鉛筆で。何日に伺えるかはわからない、龍子先生がお出かけになってお留守の時、私がお暇を頂ける時間ですから、夜でも朝でもよろしいですか」と言って下さいました。

「何でも構いません」

「それから、電話などは一切お断り致します」

「わかりました」

「こんなにお庭がおありになるんですから、草でも木でも何でも描いておいて頂きたい」そう言ってお帰りになりました。

良かった、大成功と思いました。すぐやらなくちゃ、木か何か折って描こうかしら、などと思いながら三週間くらい経って、廣田さんから電話がかかって来ました。牧君が何月何日の午後四時頃から二、三時間ならいいと。

「廣田さんどうもありがとう、一生恩に着ますからね」と言って、私はのびのびと伊東屋でスケッチブックを買って描いて、先生がいらっしゃるのをお待ちしました。

「よろしくお願い致します」

うやうやしくスケッチブックを差し出しました。一枚目、何も描いていない。二枚目に、何か葉っぱがイジイジした線で描いてある。先生は

一頁一頁ゆっくりと丁寧にめくって下さいます。最後までご覧になって、

「一枚ですか?」とおっしゃった。

「はい」と言ったらスケッチブックを伏せて、

「やっぱりこのお稽古はなかったことにしましょう」と言われました。

ええっ、と私はびっくりしたのです、愚かなことに。

「写生というのは毎日するものです。私がこの前伺って、こういうものをお描き下さい、と申しまして、その日から今日まで二十二、三日、少なくとも十五、六枚は拝見出来ると思って来ました。それが写生であり勉強です。何日か経ってまたやった、では筆も進みません。毎日することに意味があるのです」

本当だ、このことを伺っただけでも凄く有難いと思いましたけれどももうとにかく続けて頂きたくて、またぺったり蛙のようにお辞儀をして、「先生、不心得でございました。今度、本当に心を入れかえます」母も

呼んできて「一緒にお詫びして」と言って。

先生はもう辞めたいと思っておられたので困っていらっしゃいましたが、でも「もう一度やります」とご承諾して頂かないとお帰し出来ないと思って、頑強にお願いしました。

「じゃあ、また廣田君と相談します」

私はすぐに廣田さんに電話をして、

「こういうことで、私が悪かったの。絶対にちゃんとしますから、お願いね」

そして中川さんにも電話に出て頂いて、

「中川さん、大変なことをしちゃったのよ」

「何ですか、お嬢さん」

「大変なのよ。先生のお気に召さないことをしてしまったの。絶対にもう一度来て頂きたいから、本当にあなたにお辞儀しますから、中川さん、一生のお願いですから、もう一度来て頂けるようにして」

「何だか知らないけど、大騒ぎだね」

叔父には「もう、お前さんは大騒ぎするから、私は本当に困っているんですよ」とか言われましたけれど、私はもう先生が来て下さるなら何も構いはしない、と叔父の小言も耳に入らず「はいはい、申し訳ございませんでした」と、そんな具合でした。

今度は一生懸命やりました。山茶花の葉か何かを描きましたけれどもすごいもので、一日目と十日目では鉛筆の走りがだんだん違って来て、鉛筆の持ち方も変わってきた。お習字と同じだな、と思いました。

先生はバイクで大森からいらして下さいました。初めはまだ断りたいけれど義理もあるし、という感じだったのが、回を重ねるうちにだんだん前向きになって下さっているのがわかりました。有難いことに先生は絵をご覧になるだけではなくて、たとえば木の枝や花などを描く時、台所へ行って母にコップを借りて活けて「この向きでお描きなさい」とおっしゃる。私が描いている間、そこをどう、とかおっしゃらずに、三メートルぐらい離れたところで正座をして見ていて下さるのです。一枚上がったところで「ここのところは丸くなっているけれども、こう引いて下さい」とちょっと実演して下さいました。それを先生は破いて持って行ってしまわれるので、押さえて持って行かれないようにしたり、奮闘しました。

夜七時くらいからのお稽古だと、終わってから母が「夜ですから」とおうどんなんかお出しする、それを先生はとっても楽しみにして下さって、その時間は気を許されていろいろお話しして下さいました。

「二回目の時は何枚も描いて来られたが、自分はもうダメだ断ろうと思っていた」などと、おうどんを食べながらの雑談はとても面白くて、例えば「いつか自分で選んで綺麗な人をお嫁さんにする」「いいお嫁さん、しゃいます。

大抵、龍子先生はいろいろと組み合わせを考えていらしたそうで、もうそろそろ自分も危険区域に来たから「絶対に自分で探します」とおっしゃいます。

「ご立派です。どうぞ頑張っていい方をおもらいになって下さい、しっかり」と申しましたら「本当に、やっぱり綺麗でなくちゃ」と(笑)。その後、本当に綺麗な素晴らしい方をおもらいになりました。

先生は『素《そ》』、つまり真っ白な気持ちでデッサンをすることが大事でそれが基本だと教えて下さいました。こんなことがありました。私がリンゴのスケッチを毎日毎日していました。そのリンゴに影をつけるのをおろそかにして忘れてしまって、三日くらい経ってから影をつけた。そのスケッチを一ヶ月分、牧先生にお見せしたら、

「写生というものについてあれだけお話しましたけれども、何もお心に

留まりませんでしたね。これは写生じゃありません」

見抜かれてびっくりしましたけれど、改めて先生ってすごいものだなと思いました。嘘を描くのは写生ではないと。絵にする時にはスケッチを元にして、そこに自分の造形を入れたりするけれども、写生そのものに嘘をついてはいけない、と。先生は、本当はお稽古を断りたい一心ですから、

「そんなことなら私、お稽古はお断りします」

「申し訳ございません。心を入れ替えますから」

家に大きな声で怒る方なんて他にいませんから母が驚いて、近くの台所でお鍋を落としてものすごい音がしたのですけれども、先生はビクともなさいません。

「嘘なら描かない」それは今でも私の金科玉条になっています。

こんなこともありました。私が、

「町先生のところの会場のお当番は辛くて、自分のお稽古もしなきゃならないのに」と言いましたら、

「それは大事なことですよ。先生からお電話がかかって来た時、一度でも会場に居なかったら百回居るよりキズになります」とか、いろいろヒケツを教えて下さって、

「人が集まる時は何か忙しそうにしていると働いているように見えます。用がなくても紙の束を持って、本に替えて来たりとかして働いていれば、あの子はよく働いている、と思われますから」

また「変な先生のところで大事にされるより、厳しくてもしっかり導いて下さる先生のところにいるべきです。寄らば大樹の陰」などと、ユーモアも交えていろいろ教えて下さいました。

習い始めて何年か経った頃のことでした。笹を描いたのです。そうし

たら先生が同じページを繰り返し見ていらっしゃるから「何か悪かったのかな」と思っておりましたら、

「やっぱり、書家っていうことを下地にして写生をしていますね」とおっしゃったのです。

「この線は書家でいらっしゃる。筆遣いを鉛筆に移して、線が普通、研究生でもここまでしか引けないところがあるが、それ以上に引ける。それはやはり、書で鍛えていらっしゃいますね」と。

一度、書の勉強で展覧会の候補に挙がって大変で、ひどく痩せてしまうくらいの時がありました。でも、先生がお稽古に来て下さるまでに写生もしなくてはならない、そうしたら先生が、

「今日は申し上げたいことがございます。どうぞ写生を一ヶ月お休みになって下さい。今、とても大事なところへ差し掛かっていらっしゃるはずです。書のはざまの時ですから。大丈夫です、共通しているところは

いくらでもあるんですから。私も一ヶ月伺わないようにしますから、書の方に渾身の力を込めておやりなさい。ご成功を祈っております」そう言って下さいました。

「一頁目に戻った気持で描くということが絵にとっては大事です。植物への向き合い方が『薔薇はああいう花』『山茶花はああいう花』と思う前に自分を一回きれいにして立ち向かうと、去年描いた同じ花でも今年はまた違った生き生きした味が出ているとか、自分のコンディションに拠っては前の方が良かったり、ということもありますから、わかっているとは思わないで描くということが写生には大切です。それから花や花びらの先端はそれほど重要ではありません、茎から出ている元のところ、そこをしっかり描いておけば、例えば葉っぱがちょっと崩れてもちゃんと持ちこたえられる。元がいい加減で花を描こうと思っても花だけがぶら下がってしまいます……」

そんな良い言葉をたくさん牧先生から頂きました。それは何かをする時にとても大事だし、書の時も同じことが言えるのです。例えばお仕事を頼まれる時、電話で「花という字なんですけど」と伺うと「ああ、『花』ならいいわ。随分書いているし」と思うことがあるのです。他にも『梅』『月』なんて何回も書いているから大丈夫だわ、と。

全く書いたことのない字だと「ああ、難しい、出来るかしら……」と思う。これが大事なことで『花』ならば出来る、三日後に出来ると思います」こう言ってしまったら必ず失敗しますね。出来ちゃうわ、と思って新鮮な気持を欠いています。かえって初めて書く字の方が「大丈夫？出来る？　どういう風にしたら良いかしら」と考える。

お菓子の名前でも「美味しそうに書いて下さい」と言われると「出来るかな……」と思う。この頃、それが牧先生のおっしゃる『素《そ》』ということではないかと思っています。一度「自分には何もない」というところから始めるのと「出来る出来る」と思うのは違って来ますね。『素《そ》』ではないから全くもって濁っているわけです。

牧先生のお稽古は三、四年続き、最後には「自分はとても勉強になりました」とも言って下さり、本当に有難いことでした。

先生は私の予想通り、無所属のお立場でぐんぐん立派になられ、日本画の代表としての地位を築かれました。「パリ三越エトワール」で個展ご発表の時は私もパリまで伺って涙がこぼれました。今もあえてお弟子さんをお持ちになりませんが後輩のアドバイスはなさったようです。

今でも大変に謙虚でいらして、私が先生の個展を拝見に伺うと遠くから奥様と入口まで出て来られ、それはそれはご丁寧にご挨拶をなさるので私は身が縮まります。困ったことに私の呼び名を、本当についこの間まで「お嬢様」とお呼びになっていました。

「堀越と呼んで頂きたい」と何べんお願いしても「廣田君のお出入りのお家のお嬢様ですから」と変えては下さいませんでした。

とてもご能筆な先生は、お手紙の宛名も「堀越友規子様」。この頃は「堀越友規子先生」と書いて下さいます。先生にとっては今でも「閑　万希子」ではなくて「堀越友規子」なのです。

先生はどんなにお忙しくても先生の方からお年賀状をきちんと下さいます。そして私の個展の時は初日に必ずいらして、一つ一つの作品を丁寧に丁寧にご覧になるので、恐縮すると同時に昔のお稽古の時のように緊張いたします。

『素《そ》』で向き合う、初めてこの葉っぱを見るという気持ちで毎日描くことをおっしゃって下さった、私の一生の中の大成功は牧先生に教えて頂けたことだと思っています。

歌舞伎座の名案内人

私、「銀座百点」に俳句を載せて頂いたことがあるのです。とても若い頃ですが、ちょうど机にあったハガキに軽い気持ちで俳句を書いて応募したら、

小刻みに暮れゆく春や銀座裏

という句が入選しました。選者の永井龍男先生が「銀座裏の小店の軒先で、ふっと一瞬一瞬の春を感じた自然な句と思います」というような評を書いて下さいました。ところがその後、何句応募しても載らない。

小細工して作ってしまうんですね。そうしたら母のお友達でお料理屋の女主人が「銀座の料亭やおかみさん達の俳句の会がある」と連れて行って下さったのです。

この会は二ヶ月に一度、以前は高浜虚子先生や高野素十先生をお呼びして句を見て頂いておりました。そこに参加しておられたのが歌舞伎座の名案内人、チーフの柚木《ゆのき》久枝さんでした。著名人のお客様のお世話をされていて、お席へのご案内、お食事やお酒の手配、お帰りの車のタイミングなどすべてに行き届き「柚木さんでなければ」というお客様の声で引退が延びたような方です。

あるお客様が「うちの娘は雷が苦手だから、柚木さんよろしくね」と言い置いて帰られても、お芝居の何幕目のいつ頃雷が光るからと、その五分前にお嬢様を外へお連れして、お茶などを差し上げてまたお戻しする、そんなことも出来る方でした。

先頃亡くなられた勘三郎さんが小さい頃、楽屋で刀を振り回してお芝居の真似をしていると柚木さんが何度も斬られ役をして下さったそうです。勘三郎さんは、

「柚木さんが引退されたら、僕が歌舞伎座の特別席に招待してあげたい」

と言って本当にその通り招待されて、最高のお食事や車椅子の手配もしてあげたそうです。

柚木さんが松竹に入社された頃は、案内人の地位は低いものでした。柚木さんは何とか案内人として会社で大事にされなければと、歌舞伎のことを必死に勉強されたし、またお客様のために駆け回るので、草履がすぐすり減るほどだったと聞いています。この柚木さんも町先生に書を習っておられて歌舞伎のお芝居の合い間にちょっと駆けつけて先生に見て頂いたりしていました。

先代の團十郎丈が亡くなられた日、知らせを受けて町先生がお通夜へ伺おうと仕度をなさっていた時、柚木さんが飛び込んで見えて、無言で胸元から櫛を取り出し、先生の鬢《びん》のところを整えるのではなくて少し乱したのです。さらに懐紙を取り出して、

「先生、ちょいとこれお噛みになって」と口紅をわざと落とし、

「堀越さん、白いハンカチ出して。そう、これでいいわ。先生、行ってらっしゃいませ」

翌日、柚木さんは先生に、

「お葬式はお見送りと決まっていますから覚悟をして、自分も身仕舞いをしっかりして『天国へ行ってらっしゃいませ』という心で参りますが、お通夜は『今、聞いた。とんでもないことで取り乱した』という風にしなければ、ちゃんと綺麗にして行ったりしたらお亡くなりになるのを待っていたように見えてしまいます。紅をつけてるどころじゃない、髪も

乱れているが、それよりも一刻も早くご遺骸に取りすがらなければ、という体でお参りするものです」と説明して下さいました。

柚木さんの句

かしづきてハンカチ白く折りたたみ

十三世 片岡仁左衛門さん

私にとって一番下の大叔母は、祖母が結婚して子供を産んだあとに生まれたのです。昔は一人で十人産んだ時代でした。だから祖母から見れば妹とも思えないくらい若かった。

そんな大叔母の夫が津島寿一という人で、大蔵省に居りましたが外交官になった人です。二・二六事件の時は高橋是清さんの秘書官をしていました。事件当時是清さんのお家に駆けつけ、もちろん義務だったので当然のことではあるのですが、いつも人のお世話を陰ながらするという家でしたから、大叔母も人のことをお助けしなければ、自分の地位が上にいる意味がないというような考え方の人でした。

先代の片岡仁左衛門さんとは、大叔母との関係で親しくさせて頂きました。仁左衛門さんもお子さんの多い方で、その方たちが成人なさるのをとても楽しみにして、大叔母が奥様をお助けしたようです。仁左衛門さんはいつも、「津島先生、津島先生」と言って下さって。その又姪御さんだからと、私をお料理屋さんに一緒に呼んで連れて行って下さったりしました。

京都で、たしか大晦日近くだったと思いますがもうお料理屋さんもみんなおしまいになっている時に大叔母に向かって、

「奥様参りましょう、奥様参りましょう」とおっしゃるので、

「お店はどこもお休みですよ、お正月も五日ぐらいまでお休みでしょ?」

と大叔母が申しますと、

「大丈夫ですよ」と、『たん熊』さんへ。お店の人を起こして大変なご

馳走をして下さいました。

仁左衛門さんはお話が大変面白くて楽しくて、そしてご自分を卑下しておっしゃるし、文章もお上手で素晴らしい方でした。『仁左衛門楽我記』という随筆の中に大叔父や大叔母のことを書いて下さっていてとても嬉しかったのです。奥様の喜代子夫人がまたとても良い方で、本当に大叔母は大事にして頂きましたし、私までとてもよくして頂いたものです。

孝夫（現仁左衛門）さんのご結婚の時には、町　春草先生のお稽古場までお祝いのご挨拶のもの、手拭いやお扇子、外国で頼んだ絵付のお皿などをお持ち下さったのですが、その時私は代稽古で、私だけ頂くのは頂きにくいだろうとのご配慮で、町先生は松嶋屋さんとご縁はなかったのですけれど、先生の分や事務所の方の分まで持っていらっしゃいました。ご苦労人だなあと、かえって申し訳なく思ったものです。

そんなご縁で、私は孝夫さん、今の仁左衛門さんのお嬢さんで宝塚にいらした汐風 幸さんとも親しくさせていただいておりました。彼女はとても気質が良くて皆さんに「どうぞお先に、お先に」って舞台のセンターを譲っておしまいになるような方。

ある時ファンの方が集まるホテルでの会に隠れて出席いたしましたら、会場で「ウェルカム、ウェルカム」なんて男役の声で一人一人に握手してご挨拶していらしたのに私を見たとたん、

「あら！　いやだ先生、いやだわ、こんなで」などと地の声に戻っておしまいになり、私も、

「あなた男役なんだから、男役の声でなければダメでしょ」って。

こんな風にとっても良い方で私、大好きなのです。万事が控えめでお嬢様なものだから宝塚では大変ご苦労もあったと思います。とてもご縁のあった先代の仁左衛門さんご夫妻、とても懐かしい方々です。

ご近所の林ご一家

戦災で麹町を焼け出され、荻窪に引っ越してからご近所の林ご一家と知り合いになり、家族ぐるみのおつきあいをさせて頂くようになりました。ご当主の弘高おじ様は、当時吉本興業の東京支社長をなさっており、ご子息の英之さんと私は同い年で、お母様がうちの母とお茶のお稽古でご一緒させて頂いたことがきっかけで「堀越さん」「林さん」と、しょっちゅう行き来していたものです。私も学校から帰ると「遅いわねえ」とか家族のようにおば様から声をかけて頂いたりしておりました。

英之さんは新国劇の島田正吾さんのお嬢様と結婚なさったのですが、

島田夫人もお茶のお稽古のお仲間でした。

　私が初めて島田さんのお嬢様の右子さんにお会いしたのは昭和三十五、六年頃、高校二年生ぐらいだったと思います。夏休み、銀座の松屋の食堂にお母様が連れていらして、可愛いお嬢さんで素敵なワンピースを着ていらした。私もああいうのを着たいな（こういう方が「田園調布雙葉」にいらっしゃるのだな、「四谷雙葉」では見ないな）と思っていました。この方が林家のご子息と結婚されたというわけです。

　うちは芸界のことは何も存じませんでしたから、たまに役者さんとのおつきあいの時など、母が「こういう時はどうご挨拶したらよいでしょう」などと、島田夫人に何かといろいろ教えて頂いておりました。

　英之さんはじめご兄弟の皆さんには本当に親しくして頂きました。それぞれ、デザインや美術関係の勉強の先生、舞台や音楽の世界の先生、車の先生などで、免許とりたての頃、夜中などバックが出来なくて車庫

に入らないと電話すると、カラカラカラカラカラ、サンダルを引っかけていらして、

「あのさあ、免許とったって人が夜中に車庫入れができないってのは、どういうことだろう」と、夏なんてご近所の窓が開いているところを通りながら大声でおっしゃって、それで私を特訓して下さった。

「タイヤがあさっての方を向いてますよ！」とか怒鳴るから、周りのお宅が「何だ、誰がそんなこと言われてるの？　ああ、友規子さんか」などと、みんなに見られたりしました。

『花』という字を百種類書いてと英之さんにお頼まれしたことがありました。

「同じ字を百種類なんて出来ません」

「出来るよ、友規子さん」

翌々日くらいに、玄関でドサッと音がして、

「友規子さん、いる？　ここへ置いとくからね、さようなら」

急いで玄関へ出てみると、もう英之さんの姿はなくて花の写真集が二十冊ぐらい置いてあったのです。それを見れば、『花』という字を色々にアレンジして書けるでしょう、ということだったのですね。本当に書けたんですよ、百二十種類くらい。英之さんはそれを写真家に撮らせて、セピア色に加工したものを大阪の吉本のホールの壁面の柄として下さったのです。さらに、私がボツにして、とお願いしたものの中から『花』と『月』の字を選んで、花月（吉本興業の劇場）の切符に使って下さいました。

「ヘキスト」というドイツの製薬会社のお仕事で、大看板に「ヘキスト・イン・ジャパン」という字を書いて欲しいとの依頼が町先生のところに来たことがあるのです。ところが、先生は別のお仕事でヨーロッパへ行かれる直前で、私に「この仕事はあなたにあげるから、やってみなさい」

とおっしゃって下さいました。でも普段の作品とは全然違うもの、しかも横文字なので、どうやって手をつけたら良いのか全くわかりません。すると英之さんが、

「友規子さん、いつもと同じ筆ではだめよ。ハケを持っていらっしゃい。ブラシを、何でもいいから買って、うちへ持っていらっしゃい。うちで書けばいいから」とおっしゃるので、私は林さんのお家へお邪魔して、食事まで頂きながら『ヘキスト・イン・ジャパン』と書き上げて先方に渡し、荒刷りを頂きました。

私が書いたものにデザイナーの方が色を流し込んであり、先生も「良かった」とおっしゃって下さいました。この作品は赤坂のビルの屋上に出ました。

町先生のところで叱られて夜遅く電車で帰ることが時々あって、荻窪

の駅からとぼとぼと歩いていると、自宅は林さんのお家の前を通って帰るのですが、林家の垣根が見えてくると何か安心して、その辺でまた思い出して泣いていると、

「誰か通ってるよ」

「あ、友規子さんじゃない、どうしたの？」

「どうしたどうした」

「友規子さんが泣きながら通ってます」

夜中の十二時頃なのに大きな声で「どうしたどうした」なんてみんな出てきて下さって。

「また叱られちゃって、もう辞めたくなっちゃった」

「どうしたの、まあ入りなさいよ」

お一人が扉を開けて下さると、もうお一人が「入んなさい、入んなさい」と言って、また別のお一人がその隙にうちへ電話をして、母に「大

丈夫、うちで預かっていますよ、夜中だけれども」と、本当に行き届いて母が感激していました。

それで上がり込むとおば様が「なんで叱られたのよ?」と。

「これは誰の詩?」と先生がおっしゃったから、

「立原道造《タチハラミチゾウ》の詩です」と答えると、

「あなたね、これだけやっていて何もわかってないわね。タチハラミチゾウなんて呼ぶ人いないわよ。タチハラドウゾウっていうのよ!」と怒られたのです。それで私が泣くと、

「私がいじめてるみたいだ」と先生がお怒りになる。

「そうよ、いじめてるのよ」と姉弟子はおっしゃるんだけど「泣いてごまかしてもだめよ。詩人の名前も満足に言えないって、それで字が書けるかしらね」とか散々言われ、

「大変申し訳ございません、よく勉強いたします」と帰って来たものの

道々思い返しては「確かミチゾウでいいんじゃないかな」と……。

　そうしたら英之さんが、

「そんなのミチゾウに決まってるじゃないか、何でドウゾウなんだ」

　そしてお兄さまの一郎さんは静かに二階へ上がって、ふりがなのあるご本を持っていらして、

「大丈夫、大丈夫、友規子さん、ミチゾウって書いてあるから、あなたが合っているんだよ」

「明日、これ持って行っていいから、破いたっていいから持って行きなさい」とおっしゃる。そうしたら、おば様が、

「友規子さん、ちょっとまあお座んなさいよ。お茶でもどう?」と言いながら、

「それはね、先生は百もわかっていらっしゃるの、ミチゾウだって。でもきっと何か先生は嫌なことがあって、どこにもぶつけようがなくて、

先生もまだお若いから、女ばかりのところでしょ？　誰にぶつけるって、一番ぶつけやすいのがあなただったのよ。だから百もわかってるけどそう言って当たらなければならないような、ぐちゃぐちゃな問題があって、だからあなたが明日行って、またそれに火をつけて『これに出てます！』なんて、言うのも良いけれども、そこをもう一つ大人になってね、明日にこにこ笑って『先生、昨日はありがとうございました。これから間違えないようにいたします』ってお辞儀してごらんなさい。もうその時は、絶対に先生は反省していらっしゃるから『ああ、これぶつけて悪かった。この人は一回り大きいな』ってわかるから」と。

私は今でもその言葉が忘れられません。それで、実際その通りにしました。先生はお昼一時頃じゃないとお起きにならないけど、朝一時間早く十時くらいには行って仕事をして。先生がさらっと襖を開けてきれいにお仕度をして出ていらしたので、

「先生、昨日はありがとうございました」と丁寧に言って、「昨日は私の間違いを直して頂いて本当にありがとうございました。これから間違えないようにいたします」

と言いました。先生は「ふーん」とおっしゃって「私も悪かった」とはおっしゃらなかった。でも次の日、

「明日は銀座でのお稽古だから、途中で三、四十分、外を散歩しよう」とおっしゃって、有名なお店へ行って帯を買って下さったのです。「私の気持だから」と。林さんのおば様にこの帯をお見せして報告しました。

私はそうして町先生のお側にいながら結局は恵まれていたのですが、恵まれた分、周りからの嫉妬も凄かったのです。でもそれを乗り越えられたのは林ご一家のお陰です。それにその頃は自分の時間がないので、今まで親しかった学生時代のお友達とは逢いたくても逢うことはおろか、電話さえ、その時間がなかったのです。

だから林家の皆さんはいつも味方でいて下さいました。

以前、あちらのお家のカレーを食べたら何かの賞に入った時があって。そうしたら、お手伝いの山本さんが「堀越さんのお嬢さんが入選するっていうのは、私のカレーが良かったからよ」と近所のお手伝いさん仲間に言っておられたそうです。

「今月の十四日（毎日展の審査日）は絶対カレーにするの。堀越さんのお嬢さんに食べさせる」と張り切って、

「今日は奥さまが焼き魚と天ぷらとかおっしゃってるけど、堀越さんのお嬢さんが今、危ないところに引っ掛かってるんだから、カレーじゃなきゃダメなんです」

それで、英之さんがお鍋ごと持って、

「友規子さん、いるー？」と、塀の外から声がします。母が、

「あらっ。英之さんが何か言ってらっしゃるわよ」

「持ってきた。うちのおまつさん（お手伝いさん）が、今日食べさせなきゃダメだって言うから」

一郎さんはその夜中、十五分おきに電話をかけてこられるのです。

「どうした、決まった？　決まらない？　まだわからない？　でも、いいところに行ってるんでしょ？」

「わからないんです」

何回目かの電話の時、実は先生から入賞の連絡が入っていましたが、発表があるまでは口外出来ません。

「言えない？　言えないってことは、いいってことだね。何？　何の賞に入った？」

「違う」

毎日展は二つしか賞がないので下の賞からおっしゃるのです。

「えっ、それが違うの？　じゃ、もっと上と言ったらあと毎日賞しかないじゃないか！」とおっしゃって大騒ぎ。

林家とご近所の皆さんが私に祝賀会を開いて下さいました。なんと芸術座の『四谷怪談』観劇を「お化けの会」と名付けてお祝い……（笑）。

この方たちがいらして下さらなかったら、私は本当に潰れていたに違いありません。そんなこともあって林家の皆さんも私にとって恩人であり先生。よく面倒をみて頂きました。

そしてさらに今は、英之さん、右子さんの大事なご子息、歩さんが何かにつけて私の相談にのって下さいます。この方は清元三味線のお名執で清元　歩師匠ですが、邦楽全般だけでなく、お芝居、舞踊、また文学など何でも博士のようにお詳しく、厳しい目をお持ちの大変な勉強家。やはりお血筋ですね。時々長電話ですべて解説して下さる第一級の力強い私の味方です。

朱のこころ

『閑 万希子』の誕生

私が町先生のもとを離れた時、同時に頂いた雅号もお返ししたつもりでした。先生は私が一門……というか書道界というものから出なければならないことを百もご承知だったと思います。そして、とても責任を感じていて下さったと思います。

お稽古場から遠ざかって何年も経った頃、全く突然に先生からお電話がありました。それは私がカナダ ヴィクトリア美術館の招待個展から帰り、二年を経てその帰国展を開く時でした。そしてその会場（銀座ミキモトギャラリー）へたった一人でご自分から観にいらして下さったのです。それは私たちのそれまでの常識で言えば大変な事でした。

「しっかり勉強しているわね。遊びにいらっしゃいよ」とおっしゃいましたが、とんでもないことです。

「私がわがままを通させて頂いたのですから、伺うことは出来ません。先生にご迷惑をおかけしないように、ご門下に置いて頂いたことも伏せています。カナダ展でも経歴は出しておりません」

「そんなこと言わなくていいわよ」とおっしゃって、名前も変えたことも了解して下さり、

「これからもしっかり、あなたの生き方で頑張りなさい」

と元気づけて下さいました。ちょうど階下で店内視察に廻っていらしたミキモトの社長にも、ご自分から私の事をよくよくお頼みになって帰られました。

その後は年賀状をお出ししたり、海外展にご出発の時はお祝いの手紙

をお出ししましたが、お目にかかるということはなく平成七年の秋、青山葬儀所でお別れのご挨拶をいたしました。

私がお墓まで持っていかなくてはいけない大変なことがいろいろありましたけれど、それを呑み込んだということを先生はわかって下さったから「あなたは自分の生き方で行きなさい」と言って下さったのだと思います。

『閑 万希子』という名前は、女性週刊誌のために一度だけ使う予定だったのです。雙葉時代から仲良しで、今は立派な料理研究家の濱野昌子先生を通じて、そのお家が親しくしていらした学者の先生につけて頂きました。

話は少し戻りますが、町先生から離れ、思い切って書の道具は全部処分し（というか見えないところに始末して）、これからはどう身を処すか……美術の大学の聴講生になって、それからデザインの学校で勉強しようか、という時でした。以前から町先生のご指導の下、仕事をさせて頂いていた光文社「女性自身」の名編集者、石鍋さんという方からお仕事のお話がありました。

「私はもう書を辞めました」と言いましたら、

「おめでとうございます。書塾から離れて一人になる、すごい勇気です」

「でも、もうお仕事は出来ません。先生の所を離れて『なにはづ書芸社』の堀越春朱の名ももうお返ししたのですから」

「そんなことはどうでもいいですよ。こちらも女性週刊誌としては珍しい、花登　筐さんの小説を他社と張り合って受け取ったのです。とにかく題名は堀越さんで。何でも良いからやって下さい。もう決めていますから」

普通なら「じゃ仕方がない、他の方に頼みましょう」と話が終わる筈なのに「何でも良いから、何でも良いから」と強引に言われ、それで急につけて頂いた『閑 万希子』という不思議な名前で取り組むことになったのです。

題名は『らっきょうの花』というものでした。石鍋さんはその原稿を受け取って帰られた時、出来上がりが悪いのに無理して黙って帰られたように私には見えて、とても申し訳なく気にかかりました。

石鍋さんはお仕事に厳しくて、ちょっとでも気に入らないと徹底的にやり直しを命じる方でしたから、辛かったけれどそこで私はずいぶん育てて頂いた気がしていました。

それで私はすぐ墨を磨り直し、書き直しを始めました。もう夜中、多分深夜一時頃になっていましたが、ガレージから車を出して夢中で運転し、文京区の光文社へ駆けつけました。夜中なのに締切日ですから階上はどの窓からも明かりが煌々と洩れています。守衛室に駆け込んで、原稿の包みを守衛さんに渡し、すぐ引き返して荻窪の我が家へ帰って来たこと、今でもはっきり覚えています。

翌日の夕方、石鍋さんから電話がありました。

「すごいねえ堀越さん、今度の方がずっと良い。でももう初稿を入れちゃったので、二回目までは前の字で行きます。三回目からは差し替えますからね。すぐ取り替えられなくてすみません」

これは後から別の編集者に聞きましたが、差し替えることは大変手間のかかることなので、普通はもう始めのままで通してしまうのだそうです。でも連載三回目から全く別のスタイルの題字になって、びっくりされた方や、なんだこれは、と思われた方がいらしたでしょう。

小説は予定よりずっと長く連載が続き、花登筺さんのお筆が冴えて、小説は大好評だったようです。

それ一本のつもりが次々と仕事を頂くようになりました。石鍋さんは、私がまだ自分から積極的に仕事の話を受けること（その当時、私は人と接することがとても辛かったので）、その対応は大変だと察して、これぞと思われる仕事を選び、その交渉もして下さいました。

それから無所属になった私は慣れない『閑 万希子』の名前を不思議なものを抱えたような気持で、雑誌のタイトルや商品の名称を書かせて頂くようになったのです。

書から離れたことを、まだ本当に身近な人しか知らせていなかった時、絵をお習いしていた牧 進先生が突然、お世話して下さった廣田さんとご一緒に私の家にいらっしゃいました。全く突然、しかも夜でした。

その頃、先生も恩師川端龍子先生がご他界なさった後で、今後のご所属に注目が集まり……でも毅然として無所属を貫こうとしていらした頃だと思います。

その時先生がおっしゃったのは、

「今がとても大切な時です。決して人に踊らされないで、ご自分をしっかり立ててお過ごし下さい」というお言葉でした。

私は先生が手紙や電話ではなく、廣田さんの時間が自由になる夜を待ってご一緒に、私に逢うために——この言葉を直接おっしゃって下さるためにいらして下さったことを今も深く思い、大切に胸にしまっています。

カナダ ヴィクトリアの日々

無所属になる前から、ずっと私の事をお気にかけて下さった方に倉田公裕先生（美術評論家で当時北海道立近代美術館の副館長）がいらっしゃいます。ある日、カナダのヴィクトリア美術館から「山種美術館を参考にして、当地に東洋館を建てたいから来てほしい」というお話が来て、先生は設計図を持ってヴィクトリアへ渡られました。昭和五十年頃だったと思います。

そして先生に「その東洋館が完成したら中国の男性画家の招待個展を開き、次に日本の女流近代書家の個展にしたいのだが、日本は書壇の約束事が複雑なので、この際しがらみのないフリーの人を推薦して欲しい」と人選も依頼されたのです。色々検討を重ねたが当時無所属の女流書家が見当たらず、それで私をというお話を頂きました。

私は当時珍しい大病をした後で、やっとステロイド治療が終わったばかりでした。慶応病院に二年間も入院し、その時は命の保証が出来ないと言われていて、家族もそのつもりでいました。しかし、当時病院の副院長だった入交昭一郎先生（幼稚園時代の優秀な同級生）はじめ、諸先生方スタッフなど素晴らしいチームワークとご努力のお陰で、本当に奇跡的に助かった身体でした。

そのような状態でしたから、倉田先生のお薦めでも「私は無理です」と申し上げましたが、倉田先生は、

「準備期間はこれから二年もある。貴女は絶対にこのチャンスを生かしなさい。またとないこと」

と、とても強く薦めて下さいました。

まもなくカナダ・グレーター・ヴィクトリア美術館のキュレーター、ジョーン・スタンリーベーカー女史が来日されて「絶対に貴女を連れて行きます」と言われました。それで病院の先生方にお伺いを立てると、入交副院長は「貴女の身体をさんざん調べたけれど、まず大丈夫」と喜ばれたので、カナダ行きが決まりました。

それから二年間、スタンリーベーカー女史と細かいやりとりをして、作品を五十数点書きました。その間、倉田先生にも観て頂くために札幌まで母と出かけたりもいたしました。

さあ、初めての個展、しかも外国。その準備はファクスもなかった時代ですからそれはそれは大変でした。今も私の書塾に在籍している上岡寛子さん（当時は下鳥さん）が、毎日つきっきりで秘書役をしてくれました。彼女の協力なしではヴィクトリアの個展は不可能だったと思います。

ヴィクトリアでの日々、これは筆舌に尽くせないほどの経験でした。生活はスタンリーベーカー女史のお家に寄宿。彼女はアメリカ国籍の中国人、ご主人のリチャードさんはイギリス人でヴィクトリア大学の美術教授でした。また。お子さん三人は、女史がジャパンタイムスの記者時代、しばらく日本の鎌倉で生活されたことがあり、少しだけ日本語が出来るのです。

丘の上にある、まるで別荘のようなお家は景色抜群。元々ヴィクトリアはカナダの中では避寒地で、気候温暖の美しい美しい所。初めての夜、車でドライブした時は、夢で絵本の中に入ってしまったかと目を疑い、本当にうっとりとしてしまいました。

美術館は林の中にあって、元々は英国人所有の重厚な住居でした。それが寄贈され、さらに新館が加わったのです。ちょうど桜が開き始めた頃でした。作品陳列の数日間、スタッフの方々は英語の出来ない私を労って、早く何とか親しくなろうと大変な気遣いだったと思います。

陳列の作業は日本の短時間仕事と違って、ゆっくりゆっくり眺めてから作品を飾るので、五十数点を三日がかりでした。でも、それはとても素敵な会場となりました。

初日にお客様が入る頃、まだ照明を直したりしていて……そうするとお客様が皆、静かに会場から出て行かれて数時間後にまた静かに入って来られる、これが当たり前のことだと知りびっくり仰天でした。

仕事の合間のランチやコーヒータイムなど、皆さん親切のかぎりを尽くしてくれましたが、私はまだ、何故ここに居るのか（たった一人の日本人で）何度も何度も夢ではないかと思う数日を過ごし、そのうちやっと、それが当たり前のような感じになりました。

何しろ展覧会のすべての費用、渡航費、滞在費、すべてカナダから出して頂いているのです。そして生活は女史のお家で三食から寝るまで。全部が心苦しくなり、トラベラーズチェックを使おうとしました。そうしたらスタンリーベーカー女史はご自分のお部屋に私を引きずり込んで、

「アナタハナニヲカンガエテルカ！　カナダヲブジョクスルノカ」

日本語で、しかもえらい剣幕で叱られました。でもそれから彼女は私が居づらくないように、美術館での書のレッスンがない日は、お家で日本食を作るお当番とお洗濯（女史いわくオリエンタルランドリー）のお当番を与えてくれました。

ご主人のリチャードさんはとてもおだやかな方で、毎朝、私に玉子を焼いて下さり、夕方からは（何しろその季節、暗くなるのは十時頃なのでそれまで）お庭で「サア、サカモリシマス！」と毎晩のようにブラッ

ディマリーの乾杯が始まるのです。

その頃、私は日本でお酒は母からゼッタイ禁止にされていたので、初めはジュースをお子さん達と賑やかに飲んでいましたが、そのうち勧められて「少しだけ」「少しだけ」と言いながら二ヶ月過ぎた頃には堂々と飲むようになり、ブラッディマリーのウォッカの量も増えてしまいました。とうとう「ニホンノオサケ、キクマサムネ」と女史から言われてしっかり頂くようにまでなってしまいました（笑）。

スタンリーベーカー女史はお子さんのしつけ、特に時間にものすごく厳しい人でした。一番下のマイケル君はまだ小学一年生の遊びたい盛りでしたが、外が明るくても夜八時きっかりには「オヤスミナサイ。ヨイユメヲ！」と日本語で私に挨拶してベッドへ入りました。とっても可愛くて、朝は私のベッドへもぐりこみ「カンサン、カンサン」と起こしてくれました。

　ところがある日、マイケル君はお夕食の時間になっても戻って来ません。私は、窓から外を見てみると、彼はまだ野原で遊んでいました。「マイケルちゃん、マイケルちゃん！」と私が呼んでいると、女史は自分から家へ帰らないからと、お夕食のお皿もナイフもフォークもみんな隠してしまい、一度や二度謝っても知らん顔。そして彼を屋根裏部屋に入れてどんなに泣いてもまた知らん顔をしています。そして大人だけで食事を始めました。

　私はたまりかねて助けに行こうとしました。すると女史はものすごく恐い顔をして、

「アナタハ　ワタシニ　ハンタイスルノデスカ？　コドモノキョウイクノ　ジャマヲスルノデスカ？　イマコノトキニ　コドモガナクカラトスグユルシテシマッタラ　ドウナリマスカ。オトナニナッテ　ジカンモヤクソクモマモラナイ　ヒトカラシンヨウサレナイ　ニンゲンニ　ナッ

テシマイマス。アナタハ　ソレガ　イイトオモイマスカ?」

そして「私が屋根裏部屋に入れたのだから、私が助けに行きます」と切り口上で言われ、びっくりして頭を下げました。

しばらくして女史はマイケル君をその部屋から出し、泣き止んだ頃静かに、これがどういうことかちゃんと話をしました。それから彼の為に料理を温め直し、丁寧に盛りつけをして、ニッコリと笑ってマイケル君をぎゅっと抱きしめ、テーブルにつかせました。

懲らしめるのではなくて小さい子にわかるようにお仕置きをする。でも自分がしたことがどんなに他人に対して悪かったか反省したからには「大丈夫よ、ママはあなたが大好きよ」と身をもって示し安心させる、この一部始終を見せられて、私は本当に勉強になりました。ヴィクトリアでの勉強第一頁という気分になりました。

スタンリーベーカー女史のなさることは、子供に対してだけでなく、すべてこの調子でした。正義派です。私の仕事に対しても理解度はとても強かったのですが、違うと思ったことはとことん追及されました。朝食の時間は私がテーブルに着く前、ご主人と美術について毎日大議論です。英語ですから私には何を言い合っているのか全然わかりません。すごいなぁと思いながらお茶を入れたりしていました。後で必ず私に何事だったかを教えて下さいました。

美術館ではデモンストレーションもさせて頂きました。大きな紙に皆さんの前で何を書くかリクエストを聞いて、それを、かな・漢字・自分のスタイルと三種を書きました。日本では「今日何を書きます」とこちらから申し出てそれを書くのですが、ここが違うところです。

初めての日、私は室内いっぱいの人の前で、大きく『楓』の字を書きました。それから続けていくつかの文字……。スタンリーベーカー女史の説明は丁寧で、観客の皆さんが東洋の文字に興味を示されていく様子がよくわかりました。

次の朝、美術館へ行くとホールの壁面中央に私の書いた『楓』があり、そして瑞々しい緑の葉が、溢れんばかりにその周囲一面を飾ってくれています。あまりに美しくダイナミックな展示に見入ってしまいました。

レッスンは主催者側のご希望で、外国人だからといって特別視しないであくまで日本の書、閑の書塾のやり方で進めて欲しいと言われたので週二回、二十人くらいの方を対象にお稽古として致しました。

生徒さんは大人の方ばかりで、画家や陶芸家が多かったと思います。殆どの方がバンクーバーから船で毎週渡って来られました。私が英語を覚えるよりも、皆さんの方が日本語をよく覚えて下さったように思います。

いよいよ私が日本へ帰る最終レッスンの日、皆さんでパーティーをして下さいました。芸術家の作られた可愛いガラスの壺を記念に頂きましたが、その色を「カンセンセイの好きな色に……それはブルーだ」「いやグリーンだ」と意見が分かれて、やっとブルーに決まったと言われて本当に嬉しくなりました。そして合唱のように皆で声を揃えて、「センセイ　ハヤク　ヴィクトリアヘ　カエッテ　キナサイネ」と日本語で大きく言われ、私は涙をこぼしました。

カナダには二ヶ月半滞在しました。さらに展覧会はロングランで続けられ、作品はそのまま二年間、ヴィクトリア美術館に預けることにもなりました。その間に日本で、帰国展を開く会場を見つけるよう言われたのです。

私は「出来ればデパート等ではなく、ミキモトや和光のような銀座のギャラリーで出来たら」と夢のようなことを考えておりました。ところが本当に奇跡のようなご縁でそれが実現したのです。銀座ミキモトの内装や装飾を手がけていらした渡辺正一氏が、私の母の部屋を改装するためお見えになっていました。先生は母と私が個展の会場の話をしているのをお仕事の指示をしながら聞いていらしたんですね。

ある日、

「閑先生、何月何日にミキモトへいらして下さい」とおっしゃるので、訳も分からず言われた通りにカナダ個展のカタログを持ってご指定通りミキモトへ行きました。するとギャラリーの支配人の方が出ていらして、「来年というともうこの日しか空いていないのですが……」とおっしゃるので驚いて、

「何のお話ですか」と聞くと、

「渡辺さんからお聞きになっていませんか？　こちらで個展を、というご希望だそうじゃないですか」

何と、来年の私の誕生日から一週間だけギャラリーが空いているというのです。その時パッと、字を教えてくれた父の顔が浮かんだのを覚え

ています。

私がカナダの資料をお見せしようとしたら、

「もう資料はよろしゅうございます。普通、どなたの個展でも第一次、第二次の審査があり、こちらの重役にも会って頂いてから決まるのですが、今回は渡辺さんのたってのご希望でございますから。実は私は平社員の頃、渡辺さんのお宅に三年間寄宿させて頂き、そのおかげで今の地位があるのです。何かご恩返しをと思っておりました。もしこのミキモトギャラリーで個展をなさるお気持になられましたら、ぜひ渡辺さんにそうおっしゃって下さい」と言われたのです。思いもかけない幸運でした。

都表具の根岸さん

代々「都表具《みやこ》」と屋号を名乗った江戸表具師の根岸福太郎さんは、近代日本画の重鎮横山大観氏をはじめ、川合玉堂、安田靫彦、鏑木清方各氏など明治・大正・昭和期に活躍された日本画家の表具師として大変な勉強家でした。

それぞれの先生方の色のお好み、寸法、配分の取り方などをすっかり把握、そして先生方のお仕事の仕組みなどもすべて心得て神経を遣われました。清方先生はいつも「根岸でなくちゃ」とおっしゃっておいでだったようです。

私の生家は織物問屋でしたので、祖父は『絵』『柄《がら》』というものを大切にし、おのずと先生方を大変尊敬して作品を拝見するのを学びとしておりましたから、自然と家中がいつも根岸さんの茶の間への訪問を喜んでおりました。

日本橋蛎殻町では有名な黒板塀の根岸さんのお店へ表具の相談をしに行くと、小さな洋間が一つだけ玄関のところにあって、ドアを開けると横山大観先生をはじめ画家の先生方が看板に使うようにと「都表具」「都表具」と書いていらした色紙などがたくさんありました。

一方、大変モダンな一面も持ち合わせた代々の根岸さんの仕事場にはレコード数百枚とプレーヤーがあって、お風呂に入りながらクラシックを聴いて表装の色合わせをイメージするのだそうです。

「お嬢ちゃん、これはハイドンでやったのよ。ベートーヴェンでは重いでしょう?」などと言われる。

根岸さんにとって私は小さい時の「何も知らない」女の子のまま、大人になっても「お嬢ちゃん」のままなのです。そして制作中は音をいつも流している私にも、

「お嬢ちゃん、これはモーツァルトでお書きになったの？」

「あ、そうかもしれない」

「ああ。ちょっと踊りすぎですね」

私は昭和五十三年、カナダで最初の個展を開きましたが、根岸さんは自分の仕事にとても誇りを持っておられるから、きっと私の作品などいじりたくもないし、特に日本画専門なので、書の表具をするものじゃないと思っておられたに違いないのです。でも、父たちと代々大きな繋りがあるからやってあげよう、そういう感じでカナダへ送り出す作品を一所懸命やってくれたのです。けれど時々チクリと、

「お嬢ちゃん、これ根岸のところのお仕事ですか、ありがとうございま

す」と言ってジロリとこう見て、

「これ、本当に根岸にお表具させて下さるの？」

こういう時は（こんなものは私がするものじゃない）ということですから「ああ大変！　ごめんなさい、ごめんなさい。書き直して来ます」と言いました。そういう教えでした。

「あなた、何と思ってこういうものを持って来てるんですか？」と言いたいけれど言わない。自分で非常にへりくだりながらも、たしなめたり教えたりという人が、私の二十代の頃には周りにいて下さったのでとても幸せな時代でした。

根岸さんは、印のことでも「印は丁寧に押すものですよ、ようく眺めてから押すものですよ」とは言いません。

「大観先生のところに伺うと、偉いものですねぇ、先生は前の晩、宴会でお酒たくさん召し上がって、でもそこへ来たらピシッとしていらして

『根岸君、ちょっと隣で待っていて』と言われた。で、下がって見ているとご自分でちゃんと硯箱を出して、誰にも磨らせずきれいにお磨りになる。ご自分の落款なんだけどお手本をお出しになる。上手にお好みに合って書けた時のを貯めてあって、ずーっと考えて、これを本当に世に出すのか、大丈夫か、っていう感じで落款をお書きになって印を押す。書生さんはたくさん抱えていらっしゃるのに誰にも手伝わせなくて、その人たちは向こうの方で見てるんです」

印なんか簡単に押しちゃいけないとは、はっきり言われないけれど、偉い方のお話から言わんとしていることがわかるのです。他にも川合玉堂先生や鏑木清方先生などの素晴らしい日常のお心得など、随分聴くことが出来ました。

先生方は、お仕事のご註文はとても厳しくて恐いけれど、反面、仕事師さんのことを尊重していらして、ご自分の意が通った表具が出来た時など、それはそれは労ってその仕事を讃えて下さるのだそうです。

普通の絵かきさんでは会うことすら大変という根岸さん、私は小さい頃、そのお父さんに抱っこしてもらって「このお嬢ちゃんは今に良いお嬢ちゃんになりますよ」といつも三回くらい呪文を唱えられていたそうです。だから気安く「根岸さん」なんて呼ばせて頂いていましたけれど、この人は作家先生を上回る熱量を持ってないといけないのだな、と思って見ておりました。

日本画の表装が専門の根岸さんが後年、私一人だけ「書」で表具を引き受けて、それも抜群の努力を傾けて私の初めての個展――しかも海外、カナダ　ヴィクトリアへの出品を飾ってその表装の偉力もあって成功させて頂けたことを、今は望外の幸運だったと心から感謝しております。

私の大恩人——倉田公裕先生と武田　厚先生

私には『閑　万希子』としての活動をずっと見守り、ご教示下さる大恩人が二人いらっしゃいます。

お一人は私をカナダへ送って下さった故倉田公裕先生。先生がいらっしゃらなかったらどうでしょう……私は閑　万希子として世に出ることはなかったのです。

倉田先生はまずサントリー美術館の立ち上げに参加され、その次は山種美術館の創設における重要メンバーでいらっしゃいました。

私が倉田先生と出会ったのは、先生が叔父に絵を借りに我が家へいらした時、私がお茶を運んだりしていたので叔父が、「今、町先生のところで修業をしております」と私を紹介した時です。それから先生は、叔父だけでなく私にも美術館の招待券を下さったりして、それが先生と私のご縁の始まりでした。

その後、美術館のポスタータイトルを書くお仕事に私を起用して下さるようになりました。当時、美術館のタイトルというのは活字か作家本人の書き文字を使ったものだけで、書家が肉筆で書いたのは私が初めてだったそうです。

最初のお仕事が東山魁夷先生の屋根に雪がポツポツ降っているお絵『年暮る』で、ポスタータイトルは「日本の遠近」でした。それから奥村土牛先生の『鳴門』、このポスタータイトルは「水の詩」とされました。

面白かったのは、山種美術館は母体が証券会社なので会長さんが縁起を大変大事になさっておられたこと。例えば「水」という字は下へ流すように書いてはいけないのです。収蔵なさるお絵にしても『落日』という題は「落ちる」から、『入り日』と題を変えてもらったり、有名な竹内栖鳳先生の猫の絵も「猫は化ける」から避けたいとのこと。スタッフが「『招き猫』ということもございます」とお勧めしたら、すぐ収蔵されたそうです。

そういったご縁で色々お仕事をさせて頂き、はがきセットのカバーなども書かせて頂いたり、これが後々の仕事に大変役立ちました。

もうお一人の武田　厚先生は倉田先生のすぐ下でお仕事をなさっておられた方です。

倉田先生が山種美術館に関わっておられた時、武田先生もお仕事に加わっておられました。その後、武田先生は北海道ご出身ということもあって、三岸好太郎美術館へ転勤されました。何年か後、北海道立近代美術館が創設され、北海道知事が初代館長、倉田先生は副館長（次期館長）として赴任され、武田先生を呼び寄せられたのです。

倉田先生は武田先生にとても信頼を寄せておられ、武田先生もまた倉田先生を兄のように慕っておられました。

私がカナダから帰り、帰国展が終了した後、倉田先生が「札幌で個展を」と声をかけて下さいました。

「僕が札幌そごうのギャラリーを設計したので」とおっしゃり「北海道は冬に人が出て来ないから五月がいい。ライラックも咲くし良い季節だから、もう決めましたよ」

そして陳列などはすべて武田先生に頼んで下さいました。先生は海外で陳列学も学ばれた経歴をお持ちの方で、当時はガラスの美術作品の研究がご専門でしたが、私の作品も武田先生に飾って頂くと生きて見えるようでした。

お人柄で人当たりもよく、新聞社などへも宣伝して下さいました。そのうち、私の東京での個展ではサブタイトルの相談にのって頂くようにまでなりました。

「美術」としての書

海外で発表をする場合は、この作品の紙は何、墨は何、と一点一点全部作品に表示するのです。ですから私は帰国してミキモトで個展を開いた時も、あえて表示を入れました。

それまで日本では「書」でそういう表示をすることはありませんでしたから、新しい道へ踏み出そうとしていると認めて頂けました。

その当時、書道界というところはちょっと閉鎖的で、新しいことをしようとすると「邪道」と言われていましたが、私は「邪道とは、今は邪道でも明日になれば正道になる」とか言ってしまって。無所属なので、その点気楽に過ごしておりました。

日本では、近代書は美術館には入らないのです。古筆はありますけれど。美術館は批評家を尊重しますから、今までの状態では近代書は残らないと思っていました。そして美術館は展示しないものは寄贈も受けないところが多いのです。

これからはきっと変わると信じていますが、私は絵画や彫刻など色々なジャンルの美術を拝見しながら、美術評論家の先生方にも書を観て頂き、批評を頂きたいといつも思っていたのです。

「書」の批評は今も新聞に載ることは先ずありません。絵画・彫刻はじめ写真・織物・染色などは載りますが書だけは出ませんでした。でもそれも、これからは大きく変わって行くと思います。

カナダのヴィクトリア美術館への出品に、私を推薦して下さった倉田公裕先生はその時、

「これを機にしっかり美術の中の書ということを意識して勉強していらっしゃい」

とおっしゃり、ヴィクトリア美術館のカタログに推薦文を書いて下さいました。

それから私はカナダから帰国後、時々海外展をはさんで定期的に個展を企画して頂くことが多くなりました。その度作るカタログに私の書について評論をお願いし、快く執筆して下さったのはすべて美術評論家の先生です。故倉田公裕先生をはじめ故米倉　守先生、そして私の主題を大きく取り上げて下さった武田　厚先生。

武田先生は特に近年「書」を美術として大きく広い見地からご覧になられ、美術雑誌などでも書の評論をしておられます。

そして初個展の時から現在まで「今までの書道的な作品集ではなく新しい、美術的でモダンな視覚でカタログを」と思う私の希望を叶えて下さるのは、アイメックス・ファインアートの田久保千秋社長なのです。

皆さんの大変なご協力のお陰で、ささやかながら私の「美術」としての書を体現していこうと挑戦しています。

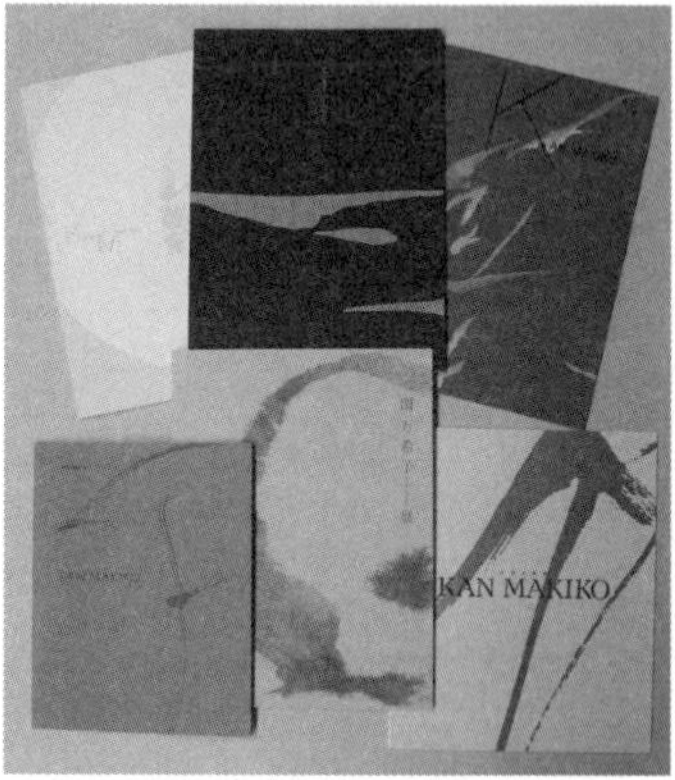

田中久子氏デザインのカタログ

中世の歌謡『閑吟集』と出会う

大恩人、倉田公裕先生は美術館の館長だけでなく、博物館学を勉強なさって明治大学でも教えていらした方なのですが、ある時、『閑吟集』を持ってこられて、

「あなた、これ読んでご覧なさい。絶対に書きたくなりますよ」とおっしゃって下さったのが、もう三十数年くらい前です。

無所属になって、春朱という雅号を外して閑 万希子になったという時で「何かあなたのライフワークがなきゃいけないからね」とおっしゃって下さいました。

その時本を頂いても二、三日見なかったような気がするのですけれど、本を開いたらすぐ「書きたい」と思いました。『閑吟集』は、言葉がとてもシンプルで飾らない、難しいことは何も言っていないけれどもフワッと心に入って来ました。

でもその当時の私の書風には合っていないので、これはどういう書体にしたらいいだろうか、端的に言えば、技術的に筆など持ち道具を変えて書いたりして、少し形が出てきたというまで十年以上かかりました。

発表した時は学者さんがいらして下さって「これを書にするという人を今まで見たことがなかった。ありがとう、ありがとう」と言って下さる方もありました。

皆さんから「どこにあったの、この歌は。中世の歌謡ってどんなものなんですか」とすごく聞かれます。

ある時珍しく、新聞の美術展案内に書の発表で『中世の歌謡』とあったので「これは是非拝見しなければ」と思って行きましたら、『一期は夢よ』だけでした。

男女の会話とか「思えばいつまでの夕べなるらん」……いつまでの命なんでしょう、そういうものは他の書家は取り上げていらっしゃらない。うちのお弟子さん達も「あれは先生のものだから」とか申しまして、全然手をつけないので、そんなことを言わないで書いて下さいよ、と言うのですが……。

どれもとても深い意味があって、心にさわりますから、私はすっかり魅せられてしまって「これは一生をかけて書いて行きたい」という感じで。

でもどうして中世の歌謡に取り組む書家が出て来て下さらないのか不思議ですね。万葉集とか現代詩とかは多いのですけれど……。どなたか書の線を、違った解釈で書いて頂けるといいな、と思って楽しみにしているのです。

中世の歌謡を書いていて、懐かしいというか、心惹かれて涙してしまったりすることがあります。あまりに入り込んでしまうと技巧的になって、そういう時はかえってその心情から外れてしまう気がして一度止めてまた冷静になって書き直します。よく人間の心を率直に観察した歌、言葉があるなあと思います。こういう歌を心の宝にしたいと思ったのが三、四十年ぐらい前ですものね、月日が経っても私の筆意はちっとも進歩しないな、情けないとは思います。自分の心情にも呼応してくるものですから。

自分が年老いてくると「この意味は裏の意味もあるだろう」と考えるようになりましたが、初めはわかりませんでした。これはもう男の人が女の人に「来なさい来なさい」「好きだよ好きだよ」と言っているんだ、という風にとってしまえば、男性から強く言い寄られているというような書線になってしまいますが、もうちょっと経って同じ歌を詠むと、そうじゃないかもしれない、これは女の人がそういうことを言わせようと引っ張って、男の人の言葉になっているんだな、と思うとちょっと線が違ってくるのです。だから中世の歌謡というのは、三年なり五年なり経ってから詠むと、歳をとって少しひねくれてくるのか……「そう言ってるんだけどこれは脅かしだな」とか「これは本当に好きなんだけど隠してこんな風な言い回しをしているんだな」とか、思うようになるのです。そうすると墨の色も違ってくる、それが面白い。

やはり何もない朴念仁じゃダメですね。時々憤慨したり、憧れたり、好奇心や素直な気持がなかったら、何にも書けないのではないでしょうか。

見えなかったものが見えてきたり、何か悔しいことがあっても「これは何か書になるかな」と思うようになると、少しは進歩したような気がします。この悲しさも虚しさも書くときに役立つかな、というように転換させてみるのも歳をとったということでしょうか。

中世の歌謡は六百年くらい前のものですが、思っていることは昔も今も同じだということをつくづく思います。やっぱり会いたい時は飛んでも行きたいとか「そんなことは知らん顔してうっちゃっちゃえ」とか言っているのも本当に全く同じです。今につながっていますね、人の心は。「雪よ降ってくれ、降ってくれ。私がここに来たことが他の人にわからないように。足跡が見えないようにしてくれ」とか「あなたが行ってしまったあと、私はどうすればいいの」という切実な言葉もあるし、「しゃくにさわるわ」みたいなものもあるし、本当に面白いですね。なじっているのか怒っているのか、と思うとそうじゃなくて、甘えているんだわ、きっと、と思うと線が甘い線になったりするのです。

「私、もうあなたにお会いするのは今度だけよ。もうあなたからは離れたの、気持が」

というのは今の言い方だと身も蓋もないですが、縹色《はなだ》の帯をざらっと片結びにして会う時は、もうあなたとは縁を切りたいのです、とそれを口で言わないで一緒に月を見たりしながら相手にわからせるなんて、これでは相手を傷つけないし。でももっとショックかもしれないですね、言われるよりも。でもその場面は一生残りますでしょう。

前の作品を見ると「まだこの頃の私は今よりも幼稚だったたな」と思って。線も幼稚。でもその時はそれしか考えられなかったんだな、と思います。だから一つの歌なり言葉なりで、例えば「人生はただ遊びだよ」という言葉があったらそれに対して、解釈次第で紙質も変え、墨の色も変わるし、書体も変わるし、単純明快だったら何も策を入れない線のままで、墨もさっぱり磨った墨で行くけど、ちょっとひねくれてとると、そうじゃないわ、と、こってりした墨をちょっと寝かせておいて書いてみようとか、筆も長鋒で細い線で書いて、紙の下地に何か下心のような線があった方がいいからと思うと、同じ言葉を淡墨で下地に書いておいて、その上に濃墨で書く。工夫はいくらでもあるので退屈しません。「よく飽きないわね」と言われますけれども、書って飽きないです、私にとっては。

ただ、この間の仙趣会という展覧会に、カナダ時代に書いたものも久しぶりに出品したのですが、それを見るとまだとても幼いけれど線が幾分今よりもきれいなのです。純粋なところがあって。下手ですが、きれい。

今は線としては強靭でテクニックもある程度身についたけれど、あの純粋さはない。四十年ぶりに見た作品もあるのですが「幼かったな、何も知らなかったけれど、知らないということは幸せでもあったな」と、いろいろ考えて、いま書けと言われても、どうしても今は今の線になってしまいます。あの雰囲気はもう出せない。まだその頃は中世の歌謡に出会っていなくて、現代詩が専門でしたから。

中世の歌謡は今までの線質では表現できない気がします。あの男女のやりとりの妙味は出ない。私の解釈も年ごとに変わり、線の感じも墨の色も変わります。そうした変化も見て批評をして頂かなければ、中世の歌謡に取り組んでいる甲斐がないと思っております。

「月は舟　星は白波　雲は海　いかに漕ぐらん　桂男はただひとりして」

これは『梁塵秘抄』の中にある歌ですが、とても清らかでスケールの大きい歌で、こんな歌が中世にあったのが嬉しい思いです。是非のびのびと大きな作品にしてみたいと取り組みました。

展示が和光のウィンドウの場合は、深夜に飾りつけをするのですが、ウィンドウは建物の外部で道路に面していますから、車など盛んに通るので、その場合は少し「荒仕事」をしないと、周りの空気に負けてしまうのです。だからちょっと筆先の動きを変えてインパクトをつけたりしました。会場が三越の時は室内ですから静かな風が感じられるように書きました。この作品は大変出世して、白鷗大学の理事長先生のご発意で、新校舎に入れて頂きました。それもこの作品のために新校舎の大きなフロアに特別に立派なウィンドウを設営して下さって、そこに飾って頂きました。これから羽ばたいて世の中に出て行かれる学生さんと会話して、どんなでしょう。私はとても幸せな思いでおります。

不思議なご縁

私が幼稚園に入園したのは昭和十三年でしたから、今から八十年近く昔のことです。その時の同級生と今も二ヶ月に一度、お昼を共にしながらペチャクチャとおしゃべりをしています。

チイチイパッパの時代からのお友達ですから、何でも話せて気がねというものがありません。もう、全くもって安心、何とも自然な仲良しグループですが、皆オジイサンオバアサンになりました。

戦争の時代、バラバラになった私たちは、それぞれが学童疎開や空襲の恐ろしさを経験しながら数年間を過ごし、今またこうして集まっている、このグループ独特の雰囲気に安心感があります。「今度孫が結婚する」とか「耳が遠くなった」とか、あらゆる事柄を自然に話し合っています。

毎月第二水曜日が集会日で『二水会』と称しています。この幼稚園オトモダチメンバーは男性陣もなかなか豪華で、ウエスタンシンガーの寺本圭一さん（いまだにケイちゃんと呼んでいます）、東海大学名誉教授を勇退された玉置憲一さんなどがおり、お仕事の日と重なることが多いためなかなか出席が叶わないのですが、今もなかなかに多彩な二水会のメンバーです。

この間も「ねえねえ、折角今までこんなに長く仲良しで来たんですもの、皆で一緒に行きましょうね」と言い合っていると、会話に乗り遅れた二、三人が、

「入れて、入れて!!　どこへ行くの？」

「天国。天国よ（笑）」

全くもって素晴らしいこの約束事に、そばでコーヒーを運んで来たウェイターさんが吹き出して笑ってしまいました。

このメンバーの中に私にとってかけがえのない重大な存在、原　明子（旧姓笹野）さんの存在があります。まだ小学生か中学に入りたての頃だったでしょうか、世田谷のお家へ遊びに行った時のことです。

「ここから先は行っちゃいけないの。お父様のお部屋に近いところはお遊びの部屋じゃないからね、だからこの廊下から先は行っちゃいけないのよ」

と言われて、そのお母様も「ここからこっちで遊んでね」とおっしゃった。

網代に編んだ天井とお廊下に円座がおいてあって、とても素敵な数寄屋風のお住居で、子供心に「これはなかなか粋だな」と思ったのです。

お父様のお書斎がそちらにありました。
そこで『閑吟集』『宗安小歌集』という中世の歌謡を研究なさってい
らしたわけです。『宗安小歌集』を発見なさったのが昭和六年、私が中
世の歌謡の本をいろいろ探していたら、解説のところに「昭和六年、笹
野 堅氏が発見され」と書いてありました。
ええっ？ これササ（お友達の呼び名）のお父様じゃない！ まあ！
と驚いてすぐ電話に飛びつきました。
「私、貴女のお父様のこと何にも知らなかったの。お父様が……こんな
にもご立派なこと、貴女何も教えて下さらなかったから」
「ええ？ そうなの？ 私も何が何だか、父のやっていることがちっと
もわからなかった。子どもが口を出すことじゃないって何にも話されて
いなかったから全然知らなかったの。そんなことをやっていたの……ど
んな歌があるの？」

などと逆に聞かれて「じゃあとにかく兄に電話してみるわね」と大騒ぎになりました。

そうしたらお兄様が「父の昔の本、原本もあってビリビリになっているのも、全部早稲田の研究室に寄付してしまったけれど、一冊だけうちに残してあるから彼女に見せなさい」と言って、今から二十年くらい前ですけれど、それを全くそのまま見せて頂きました。

「ええ！　これが本当の原本？」と夢のようでした。

他の先生にこのことを申し上げたら「良かった良かった。これは大変なことです。あなたは幸運中の幸運ですよ」と言われ、これをしっかりと目に残したい、と思いました。

「いいのよ。兄があげてもいいって」そうササに言われましたけれど、とんでもない、大事な文献ですから一ヶ月くらい拝借して、よく目に残させて頂いたのです。

とても私などが想像出来ない、全部活字的な仮名でがっちりと、一字も空けることなくズラズラと「浮き世は風波の一葉よ」云々、と続いて文字の空間も何にもない。だからかえって良かったのです。これが一行空けて、次の行は一字下げて…などとなるとそれに幻惑されてしまって手も足も出ないけれど、本当に活字を並べてあるみたいにきっちりとした字でつながっていました。

だから「ああ、もったいない。ここに空気を入れたい」と思えて、自分勝手に書かせて頂くことが出来たのです。

ご縁とは不思議なものです。こんなに近くにいる方のお父様が、これを発見なさったなんて……。

それからそのササのご主人とお兄様のご意見で、

「その中であなたの一番好きな歌を書いて下さい。うちの床の間にお軸にして掛けたいから」とお話を頂戴しました。そこでいろいろ考え、

「浮き世は風波の一葉よ」

と書かせて頂き、立派なご邸宅の床の間のお軸となりました。本当に不思議な、なんともありがたいご縁です。

仕事師

仕事師さんとか、額縁屋さんとか、そういう下支えを担当する人たちからいろいろ意見を聞くことは大事だと思ってまいりました。仕事師さんというのは私にとってある意味、先生。

その人たちが仲間と話をしている時の、「あ、前の方が良かったな」とか「以前の『玉』っていう字の方が良かったよな」といったつぶやきを聞き留めることは絶対に大事です。

何か意味があるから、つかまえて「どういう風に良かったの?」と聞くと「いやあ、先生なんかに言うことじゃありませんよ」とびっくりされるけれども、引き留めて聞いておくのです。仕事師さんはたくさん見てそれなりに感覚が冴えていますから。

額縁などもこっちの波長をよく観察しながら、釘を一本入れる、ここに一つ筋を引っ張る、引っ張らないってやっているわけです。そのやりとり。

最初の作品を「これ、お願い」と見せると、相手の目が「ああもう嫌だ」と言っている時があります。そうしたら「あ、ちょっと書き直した方がいい。書き直そうかしら」と思います。だんだん親しくなると「先生、もう一度やってごらんなさいよ」って言ってくれたりする、それがすごく大事です。つまり私の仕事を見て、これは面白い！　と思わないと、そして自分もその中に浸らないと良い作品になりません。つまらなくて、でも仕事だから……とおつきあいのつもりで周りを作られると、その作品がどこか生気を失ってしまうのです。

作品を軸装にする時に、布地探しで一日使ってしまう時もあります。でも布が呼んでくれる時がある。中央の作品がこれで発表しても大丈夫かなというレベルまでいっていると、生地屋さんに行った時パッと向こうから布地が呼んでくれる感じがするのです。

表具屋の根岸さんの愛弟子の佐藤良彦さん、この人も本当に私の恩人でよくやってくれた人でした。その人と二人で布探しに行って、それぞれがあっちの棚とこっちの棚と両方で「これこれ、今日これよね。これとこれだ」って選ぶと、二人がたいてい一致していたりしてとても面白いです。

「関　万希子展」というと一人で開いているように見えますが、私の場合そこには何十人もの方々が関わっているのです。経師屋さん、経師屋さんの道具を研ぐ人、紙屋さんの協力。

六曲の屏風に漢詩を書いたものがあるのです。

「ただ静かに寝ころんで詩を吟じてみよう。月夜に梅の咲くこの美しい夜景も、いずれ命が尽きて仏になれば何も無い、虚無である」というもの。様々な深い内容の漢詩を、濃墨できちんと書かれた名作はたくさん残されていますが、私は初めて漢詩をぱらぱらと散らし書きにし、邪道かもしれませんがモダンにしてみようと思ったのです。これはいろいろ考えて三ヶ月かかりました。六曲それぞれに字をどう散らすか。

綺麗で清潔で「虚しいけれど私は生きる」そういう気持をどう表現するか——左右の文字の割り振りも変え、下に置いて考えたものもそれを立てて掛けてみるとどうもバランスがダメだったりで、失敗作が段ボールに三箱もたまりました。私のそれまでの人生で一番大変な仕事だったかもしれません。やっと出来たものを屏風屋さんに細かく伝えたのですが、何とその見取り図を屏風屋さんが失くしてしまったのです。私はボーッとしてしまいました。

その時、表具屋のよしさん（佐藤良彦さん）が、見たこともないくらい怒って、

「こんな大切なものを失くすなんて、今日限り店をたたむ、それくらいに匹敵する失敗だ。先生が世の中に無いものを作るのにどれだけ苦心していらっしゃることか！」

屏風屋さんは平謝りです。それで私は思い直してこう言いました。

「とにかく何かのはずみで失くなってしまったもの、いずれどこかから出てくるでしょう。でも今は新しい気持でやり直しましょうよ。大丈夫、私の心の中にまだリズムが残っていますから。きっと神様が『あれは不自然だからやり直してごらん』と言って隠していらっしゃるのよ」

これはそれまでに何度も経験したことです。思わぬ不慮の事で、そのやりかけの仕事が中断される事態の時、あれがあのまま残っていれば

……とか、あれが折角半分まで出来ていたのに……と思うと先へ進めなくなってしまうのです。

その時「これはきっと自分にわからないミスがどこかにあったのだ、これをこのまま出品したら大変な落ち度になる、それを神様が隠して、または失敗という形で止めて下さった」のだと思うのです。それで変にこだわらずに思い切りよくやり直す気になるのです。

そうしてこの屏風は何とか出来上がりました。

個展の陳列の段階になると、私は何もすることがないので会場で作業する人を見ています。中に何かやる気がなさそうな人とか、若いアルバイトの子などがいたら話しかけるのです。

「あなた達は毎週の仕事でしょうけれど、私には一生に一度のことなの。よろしくお願いするわね」とその人の名前を聞いたりします。そして掛ける位置などについて意見を聞いたりしていると次第にやる気になって

くれて、

「ここは何センチにした方がいいと思う。ちょっとやってみるから見て下さい」本当にその通りのことも多いんですね。

陳列はとにかく私本人も会場の作業をする人も全部、全員が同じ方向を見て気持を入れ込まないと、その会場、その展覧会は成功しません。誰か一人でも気が入らないでそっぽを向いていると、その会場は空気が貫通せず、ダメなのです。

いつか私が表具の中まわし、つまり中央の本紙だけでなく表具そのものにも直に書いた形で軸装にしようと試みた時、経師屋のよしさんは、何か私が失敗したらすぐやり直しに行かなければと、煙草好きなのに一切吸わずに電話のまえで待っていてくれたりして、大変でした。

こんなことがありました。いつものよしさんがお孫ちゃんと映画『千と千尋の神隠し』を観に行こうと約束したのに、私の作品の出来が悪くて、もう一回書き直しになった。映画のお約束がおじゃんになってしまったのです。

その後もう上映が終わってしまって、あとで聞いてそのお孫ちゃんの気持を察すると本当に可愛そうで泣けてきて、どこか他でやっているところはないか、といろいろ探しました。結局は観ることが出来たのですけれど、私はその子に対してちょっと負い目があるのです。「ごめんなさいね、おじいちゃんもちゃんと約束守っていたのにね。私が悪者なのよ」と申しましたら、それからは私のこと「わるもの」って(笑)。

皆さん言わないけれど、そういうことがさまざまあって私の発表が出来ているわけです。ですから、閑 万希子という名のヨコに何十人の名前があるということを思わないと罰が当たります。

自分を磨いてどこそこへ出ていくというのは当り前。だけどそれを掘り出して木陰から出したり、太陽に当てたりという仕事の重みがあると思うのです。私も中年くらいになってからやっと、いろんな方の作品を「これがこういう風に出るまでには、よほど泣いたり悔しがったり疲れたりしている人たちの支えがあってこそ」と思いながら深く感謝するようになりました。

展覧会の一コマ

展覧会の会場に立つと、観に来て下さる方から教えて頂くことがいろいろとあります。

「印がなかなか良い。貴女が彫ったんですか？」

「いえ、私は篆刻はいたしませんので……」

「印に負けているよ。これだけの印を捺すならもっと勉強しなさい」

「筆はどんなものを使っているのですか？」

「墨はもっと濃い方が良いなあ」等々、ハッとすることもあります。中には「会場入り口にある赤い花が雰囲気をこわしている」というご注意があり、早速会場係の人と位置を直したりしたこともありました。

＊

地方の百貨店で個展を開いた時のお話です。年配のご婦人が、

「みいちゃん、ちょっとこっちを通って行こう。何だろうこれは？　ああ習字か。たくさんあるねえ。おたく？　これ書いたの？　どれ？」

「個展ですから、全部、私が」

「えーっ？　全部？　みいちゃん、全部書いちゃったんだって、こちらさんが。まあ、すごい。で、手本は？」

「全部創作なので、お手本はございません」

「手本見ないの？　まあ、見ないで書いちゃったんだって」

私はどう対応して良いやら、もう困ってしまって……するとあちこちから課長、係長、主任さんが飛び出してきて、

「先生、先生、お茶に参りましょう。何しろ百貨店はいろいろなお客様がいらして……」と、助け舟を出したり弁解されたりしました。私は、「いいのよ、いいのよ。いろいろな方にご覧頂いて参考になるのよ」と言いつつ、ホッと落ち着きました。

＊

カナダからの帰国展、つまり日本での初個展から応援下さった企業にＴＤＫ株式会社があります。当時の会長素野福次郎氏、そして何と言っても専務を長く務められた神谷克郎ご夫妻のご好意を忘れることは出来ません。大作を本社のロビーに飾って下さったのをはじめとして、多数の作品をお求め頂きました。

奥様の光子様は「朱の会」幕開けからのメンバーで、皆のお手本となって九十歳近くまで在籍され、研鑽を積まれました。素野会長、神谷ご夫妻、皆すでに天国へ行かれてしまいましたが、素野会長のお嬢様やお孫様は今も変らず応援して下さっています。

＊

私は無所属のくせに、今まで数多く個展をさせて頂いています。それだけ多くの皆様に作品を観て頂ける幸せをつくづく感じますと同時に、その機会を与えて頂けたことを、どんなに感謝しても足りないと思うのです。

カナダでデビューした形ですが、国内で初めての会場が銀座ミキモト、そして北海道から九州までと、書芸で個展が出来るとはこんな幸せ者はないのですが、会場探しは自分で苦労したことがなく、いつも棚からぼた餅で……。

例えば「銀座ミキモト」が展覧会場を終了されることになった時「和

光」を展覧会場にと道をつけて下さったのは和光の美術部にいらした吉沼孝治氏でした。ちょうど定年で和光を引退なさる頃だったと思います。ほとんどお隣というほど近い会場へ移行できることなど、異例の幸運です。それから氏はずっと私の個展を注意深く応援して下さっています。

題字いろいろ

私の題字デビューは町先生から頂いたお仕事で、便箋のタイトル。「渡し舟」という字でした。ペンで書いたのですが私のペンでは太すぎて、先生のペンをお借りしてその場で書いたのを覚えています。

高度成長の頃は題字のお仕事が次から次にあって、お菓子の「シルクロード」という字など、ご近所の林 英之さんのご依頼で書いたりしました。英之さんは隣の部屋でデザイナーさんと「どうしても出来なかったら、活字で何とか作ればいいか」などと相談されているので「今やってます。少しはお待ちくださいい」なんて言い返したりして、良い時代でしたね。

＊

料亭でお正月お膳の飾りに、大正松を束ねて紅白の紐で結わえたものがお膳に添えられていたことがあって、それを二つか三つ持ち帰って、陰干しして枯らして、少しパリパリとしたところを筆にして書いたことがあります。毛筆と違って墨を含まないので、払うとパッと墨が跳ぶんですね。

次の年の干支がちょうど「虎」で風呂敷に「虎」という字を書く時にこれを使ったら、虎が吠えている感じが出ました。料理長に見せたら、それから毎年必ず「これは先生用です」と、松が用意されるようになりました。

以前、地方のお菓子屋さんからのご註文で葛切り云々のタイトルを書かせて頂いた時のこと、上京なさったその会社の社長さんに、「いいかげんじゃ困りますよ。これにうちの社運をかけて作るんだからね」社運、社運とおっしゃる度に震えました。そしてしばらく葛切りどころかおそうめんを見ても目を閉じたくなるような状態になりました。

＊

あるお酒の贈答用の大箱のタイトル、その「酒」という文字をいろいろなスタイルで書いた時、代理店の責任者の方でしたか、「どの酒もまずいなァー。こんな酒の入った箱でホントーの美味い酒が呑めるか！」と大声でどなられ、学生時代から「コンパの時も絶対にお酒を呑むんじゃありません」と母に固く注意されていた私は、母を大きく恨みました。

というのも私が小さくてヨチヨチ歩きくらいの時、家でお正月やものの日によく宴会をしておりましたが、お酒のお燗を台所でしておりますとヨロヨロヨロヨロヨロその側に近づいてなんともいえないうっとりとした顔で、すっかり陶酔していたようなのです。それを見て、特にお酒に弱かった父が「あ、これはこれは大変だ。女の子がこれじゃ嫁に出せない」と悩み（本当に今となっては何がどうでも結局嫁に出せなかったのですが）、それからお酒に近づけさせないよう、チョコレートや甘いお菓子で機嫌をとろうと苦労した話を、少しものがわかるようになってから皆に聞かされました。

そのせいでつい近年まで、母が生きている間は「オサケは苦手」と言わされてまいりました。ですからカナダではついにその本領を発揮していたわけです。大いに。

ずっと以前「中央公論」のデスクをしていらした河合平三郎さんという方が二十年ほど前、新聞か何かで知って私の個展を見にいらして感想を書いてお手紙も下さったのです。それからほどなく連絡を下さって「朝日新聞の日曜版で『その時から私は……』というコラムが始まる。各界の方に自分の転機を書いて頂くもので、その個々のタイトルを書いて欲しい」と言って下さいました。第一回は黒柳徹子さんの「父の言葉」だったのを覚えています。

河合さんは週刊朝日で「値段の編年史」という題名の、様々な物の時代ごとの値段の変化について、いろいろなジャンルの方が感想を書くシリーズも企画していらして、私にも、

「書いて下さい、タイトルだけじゃなくもっと自分を磨きなさい」とおっしゃり、テーマもくろもじ、楊枝ですね、それに決めて下さいました。くろもじにまつわる祖母の想い出を書かせて頂きましたが、依頼なさっ

てご縁が出来たらこちらも育ててくださるという、本当に「昔の編集者」でした。

＊

「国立劇場四十周年」の催しで『元禄忠臣蔵』を上演するという時、題字を依頼されました。テレビドラマなど見ていると、「忠臣蔵」なんてとても私が書けるものじゃないと思って最初は「どなたか男の方にお頼み下さい」と申し上げました。でも「とにかく、やってみて下さい」と言われました。

その広告は中村吉右衛門さん、坂田藤十郎さん、松本幸四郎（現白鸚）さんのお写真がグレーや濃い鶯色だったりで、そこから滲み出てくる空気がとても清潔で綺麗なものでした。そこへ私の題字、デザイナーの阿部さんのレイアウトが大変良くてタイトルがうまくはまった、という感じでした。国立劇場の方もいたく感激して下さって、その仕事のお陰で宣伝部の方々とも親しくなりました。

それは読売の広告にも出て、国立劇場が読売広告賞を受けられ、お陰さまで私もご褒美を頂きました。

実は、四十年前の国立劇場の開場記念の演目が舞踊だったのですが、その『舞』というプログラムの表紙の題字をお書きになったのが町先生だったのです。書かれた時のことも良く覚えています。不思議な縁を見て感じました。

女丈夫な淑女──篠田桃紅先生と菊池　智さま

町　春草先生は、新書芸という分野で本当に素晴らしい個展発表をなさいました。ただ先生の書体になじんでいる身でその書風が私に強く入っていましたので、それを身体の中から少しずつ転換させて行くのに時間がかかりました。

先生の作品は近代詩文という部門でしたから、私も現代詩育ちなのですけれど、それを中世の歌謡を書くことに切り替える時に、今まで先生から頂いた書体そのままのものは中世の歌謡には適しない、違う線質に変えることも必要と思って、そのことに二十年くらいかかってしまいました。やっぱり全部こわさなきゃならない、その時すごく参考にさせて頂いたのが篠田桃紅先生の書でした。

以前から篠田桃紅先生のお作品発表の時はよく拝見しに伺っていましたが、「青山の篠田です」とお電話まで頂けるようになるとは、その頃思ってもみませんでした。

ある時先生が私を別の方と間違えて、お話かけ下さったのがお近づきになる始まりでした。先生はその時すぐに間違いとお気づきになったのですが、それをきっかけにいろいろお話を伺うことが出来るようになり、増上寺のゾンタバザーなどに私の母も一緒に出かけたりしますと、いつも母の着物を褒めて下さいました。時々お電話を下さって、さりげなく大事な心得なども伺いました。

岐阜の関市に先生の「美術空間」が建ち上がった時、東京からは数人しかお招き頂けなかったのに私を誘って下さって、その日にお出ましの高円宮久子様のお祝いのスピーチも拝聴させて頂くことが出来ました。

先生は外国でお過ごしだったせいか、とてもさっぱりとご自分で何でもなさって個展会場でも自らお菓子をサービスなさったり、ある時など私が伺ったらご自分で椅子を運ぼうとして下さって驚いてしまいました。

「嫌なものを見てるとね、毒が回ってきます。だからだんだん目も鈍ってきます。汚いもの、程度の低いものは見ないことにします」

熊谷守一さんは案内状が来ると、いらないものはビリビリ破いていらしたそうで、「そういう見分けが大切だ」と。

「でもどうしてもお義理で行かなくちゃならない展覧会は、黒眼鏡を一つ用意して懐に入れて、入り口のところで『ちょっと目を患っておりますので』ってかけて、スイスイってなるべく早いテンポで通り抜けて『恐れ入りました』って出てきてから、階段なりエレベーターでお取りになればいい」とおっしゃる。

先生が私の展覧会にいらして下さったことがあるのです、二度くらい。みんなで「篠田先生いらっしゃいました」と大騒ぎ。黒眼鏡がいつ出るかとヒヤヒヤして「黒眼鏡がそっちの角で出たら教えてね」などと言ったりして……でも私のところでは黒眼鏡はお出しにはならなかったので、ほっと胸を撫で下ろしたものです。

ホテルオークラの近くに「菊池寛実記念智美術館」という現代陶芸の美術館があります。この美術館を創設された女性が菊池 智さまです。

大変優雅なこの方はお目にかかるとホッとするお方でしたが、美について強い意志をお持ちでした。智さまは現代陶芸の蒐集家として知られ、お父様の寛実氏は大実業家でいらした方で、高萩に窯を造り、多くの陶工さん達に陶器を焼かせて支援しておられたのを小さい時からご覧になり、その火の色に魅せられて陶作に携わって行きたいという志を持たれたそうです。

お父様が亡くなられた後、ホテルニューオータニの中に『現代陶芸寛土里』というお店を開かれて、志を持つ学生さんや若手の方の発表の場にされました。智社長は特に作品について厳しい目をお持ちでしたから、ここは若い陶芸作家さん達の出世の登竜門と言われ、このお店から今の陶芸界を担っておられる方がたくさん誕生しました。

その内のお一人に川瀬 忍先生がいらっしゃいました。代々陶作をなさるお家で、忍さん自身学生時代から土に馴染んでいらしたのですが、高校の時、お祖父様（色絵の陶芸家で人間国宝の川瀬竹春氏）のお許しを得て、お祖父様とお父様の展覧会に青磁の作品をお出しになったのです。その作品を智社長がご覧になり忍さんに、

「あなた、是非これをお続けなさい。私はいつでもご相談にのりますから。是非、中国の故宮博物館へいらして本物を見ていらっしゃい」

とおっしゃったそうです。その後も智社長は忍さんをずっと見守って来られ、忍さんはそれに応えてものすごい勉強をなさり青磁の道を精進され、日本を代表する青磁作家になられました。

実業家でもある智社長は一九八三年、ワシントンにあるスミソニアン自然史博物館で日本の現代陶芸を世界に紹介しようと奔走され、とうとう実現されました。本当に大規模な企画でご自身が蒐集された作品の多くを展示、一大センセーションを巻き起こしました。そうそうたる陶芸家の作品が並び、その展覧会には川瀬 忍先生も出品なさいました。

その当時私は、母が『寛土里』さんでお若い先生方の作品を頂いたことがご縁でタイトルを何度か書かせて頂いたことがありました。そしてこの時、智さまから、「スミソニアン博物館の展覧会用のタイトル『今日の日本陶芸』の文字を書いて頂きたい」とお仕事を頂きました。

その時秘書役の『寛土里』の店長小池さんが「暖簾」とおっしゃるの

で、小さなものかと思っていましたら、現場に入ってスミソニアンのメインデザイナー、モリナロリーさんが指し示した先には、もう十何メートルもある大段幕のようなもので、濃紺の藍染の地に白抜きで文字、入り口にバーっと掲げられていたのです。震えが来るほどびっくりして汗ビッショリになりました。

実は当初、現地に行くつもりはなかったのですが、川瀬先生のお作品の硯の横に置く筆を、私がお貸しするというお話もあって、私もスミソニアンに向かうことになったのです。

オープニングパーティーのすごかったこと、本当に世界の中心の催しといった感じでした。展示も行き届いていて、天皇皇后両陛下が高萩にお出ましになられた時、おもてなしのために造られた藤本能道先生のフルコースの食器や、現在活躍中の陶芸作家の作品の数々……それらが正に、日本の雰囲気の中に陳列されていて「ここは日本？」と思うほど素晴らしい会場でした。

海外の方たちもこの日本を彷彿とさせる会場をご覧になって、日本の陶芸世界の素晴らしさを堪能されたと思います。

勿論、何から何まで初めて拝見することばかり、私は自分の書いた文字が染め抜かれた大きな幕の陰で、これからもっとこの展覧会に恥じない勉強をしなくては……と小さくなって立ちすくんでいました。

それまで私は川瀬先生のことを存じ上げなかったのですが、この時ご一緒することになって初めてお会いしました。飛行機の中で何時間もお話したら、色々とお話が合って楽しくて――。無知蒙昧な私は、川瀬先生に「長くて細い筆管を作って頂きたい」などと大変なお願いをしてしまって……後で大変申し訳なく思って、自分自身恥をさらしてしまったと思いました。まだお若かった先生はニコニコと受け止めて、後年、今までにない素晴らしいお仕事の長い筆管を美術館に出品され、私にもお作り下さいました。今でも何かとご連絡下さったり、奥様が毎年手作りのジャムを下さったりおつきあいさせて頂いております。

また、三浦小平二先生ご夫妻とも成田空港からずっとご一緒させて頂きいろいろとお教え頂きました。帰国後もずっとお親しくさせて頂いておりましたが、平成十八年の秋、天国へ召されてしまって大変残念でした。両先生とご一緒出来たスミソニアンの日々は、今思い出しても何と幸せな勉強の時間だったことかと思います。三十数年経っても『今日の日本陶芸』展のことは忘れられません。菊池　智さまの心意気が世界に拡がった展覧会でした。

このお二方の女丈夫な淑女はずっと昔からのお知り合いで、智さまは篠田先生にたくさんお仕事をお頼みになっていらっしゃいました。智さまはお親しくても美術には本当に厳しい方でもあるので、時にはやり直しがあるのですが――篠田先生は「私にダメ出しするのは智さまだけ」と笑っていらしたものです。

現在は智さまのお嬢様、節《みさお》さまが亡きお母様のご意志をしっかりと受けとめられ館長としてご活躍、今でも智美術館は釘一本にもこだわった造りでお庭も綺麗な、品の良い素晴らしい美術館です。

村上　豊先生

画家の村上　豊先生は絵だけでなく味のある書もお書きになる方です。私の作品をご覧下さって、

「今度は変わりましたね、感覚が」などとおっしゃるので、

「先生、本当に怖いですわ」と、いつも申し上げるのです。

「待つ人は来もせで　月は出でたよの」という歌があります。月を一緒に見ようと言い交わした人が来ないうちに、月が出てしまった、一人で月を眺めるなんて……という中世のこの歌を、私は少し寂しくロマンチックな感じを出したつもりで書いたのですが、その二ヶ月前に村上先生

がこの歌を絵になさって和光ホールの展覧会に出品されたのです。

女の人が縁側で向こうをむいて横になっていて、そのお尻が何とも大きくて、月が庇から半分出ていて——本当に歌そのものでユーモラス。

私は、

「先生、困ります。二ヶ月後に私がこれを〝書〟にするのに、先生こんなにおもしろくなさって」と申し上げたら隣で先生の奥様が、

「ごめんなさいねえ、私が知らないうちにこんなのが出来ていたのよ。でも私は字の方が好きですから」

と言って下さって、先生は横でニヤニヤしていらっしゃいました。

私の書塾

私が初めて自分のお稽古場を開きました時は、お弟子は三人きりでした。それが段々に人数が増えて……でも、私は組織とか大規模のお稽古には向いていないと思っていて「寺子屋」で行きたいと、最初から強く望みました。今も少人数のお稽古です。

しかし、お稽古場に名前がなくてはと思い、学習院で源氏物語のお講義に伺っていた松尾　聰先生にお願いして「あさぎり会」と名付けて頂きました。

「『あさぎり』は必ず晴れるものです。そのあさぎりのように皆でどんどん良くなって行きますよ」とはその時の先生のお言葉です。

それから数年経った頃、数人の出入りの人から「同じ名前の書塾が……」ということを聞きました。私の方が新米なので変えることにしました。平成三、四年頃だと思います。

さあ、何という名前にしようか……と考えているうち、ふと「朱」という文字が浮かび、使いたいと思いました。お稽古ではいつも先生に朱で直して頂きます。いつも謙虚でいたいという気持、そして私が初めて頂いた雅号が「春朱」でした。昔この号が私に定まった時、町先生に「いいじゃないの？　オバアサンになってもこの名前は可愛らしい」

とおっしゃって頂いたこと……だんだんオバアサンの度合いが強くなるのだから、もう名前はお返ししたけれど、そうだ、朱の字だけ頂いて、〝朱〟でいこう、そう思い〝朱〟をアケと読ませて「朱の会」と名付けました。

皆さんから「シュの会？　えー、あー、アケの会ね。良い名だ」と言われてホッとしました。お弟子さん達もアケノカイアケノカイと言って連呼したりして、嫌ではなさそうです。まあ良かったと思っております。

私の自慢は朱の会のメンバーが皆、人柄が良いということです。お弟子さんはほとんど女性ですが、皆、本当にさらっとした気質の人たちばかり。現在、メンバーは若山文さんはじめ高橋和子さんや上岡寛子さん、生野肇子さんなど在籍二十年三十年の方たちが中心となって活躍しています。仲が良いので競争心や反発心に欠けると言われますけれど、数年毎に催す「朱の会展」の時は私のところは作品のお手本を出さないので、皆燃え上がってそれぞれが個性的な作品を出すことで知られるようになりました。特に若山さんは個展も経験、続くメンバーもそれぞれ経歴を持った人たちでとても多彩なので楽しみです。

そんな朱の会メンバーですから、一致団結していろいろ定まりごとが行われております。そんな中で、何か今日はみんなソワソワして一人ずつ立っては奥で何かしているな、と思っていたら私の誕生日のために素敵なカードへ皆がメッセージを書いてくれていたことがありました。入会した人があれば、誰かが前からのお友達のように親しく接して一緒に帰ったりしていますね。

よく「先生のところはすごいですね。大抵、女の方たちの会というのはお稽古帰りにみんなして先生やら他の生徒さんの悪口を言い合ったり、展覧会だって面倒なことはなるべく人に押し付けるような人が一人や二人いるのに、まるでないですね」と言われます。

そう、本当にうちのお弟子さん達はそうなのです。画廊を使わせて頂いたりする時は、一人「片付け魔」と言うべき人がきっちり片付けの段取り、あとは皆で一斉に片付ける。最後は塵一つなくゴミ袋まで始末して「またこの会場を使って下さい」と言われるくらいです。

私の個展では皆が会場のお当番をしてくれるのですが、私の事をそれはそれは気遣ってくれます。「先生がお休憩出来るようにするにはどうする」「水分を多くお取り頂きたい」「夕方は甘いものが良いだろうから、サッと口に入れられるよう小さく切って……」などなど、特にこの頃は私の老化が激しいので皆の改善策が大変。知らないうちに申し送り帳が出来ていてにぎやかに文字が踊っています。自分たちは交替出来るけれど先生は一日中立ちっぱなしだから……と労いが伴っていて感激します。

帰りの荷物の中にはデパ地下のお弁当が日替わりで入っています。ああ、これは女優のKさん、これは素早く走り回っているSさん、これWさんの発案かな……他にもいろいろと袋に入っていて、帰宅して開いてみると、受付の筆で上手にそっと書いたらしい文字が。お品書きなどがお弁当の上に添えられています。「どれを先に召し上がって下さい」なんて、細字もなかなかお上手になったナ、とまず感激してしまいます。

会場のお弁当、お当番といえば私には忘れられない思い出があります。もう二十年ぐらい前のこと、あるお弟子さんが入門してきました。暗い感じで他の人と話をせず、お清書のお直しを説明してもフーンとうなずいて気のなさそうな感じ、聞いているのかいないのか……。お直しの後の半紙もサッとひったくるように抜いて乱暴なやり方です。ちょっと扱いに困って、私はこの方と合うのかしら、どうやってお教えしたら良いのかと思案していました。

まもなく私の個展がありました。その当時、お弟子さん達は順番で、お当番が私のお昼を控え室に用意すること、というルールがあったらしいのです。皆、手作りのサンドウィッチとサラダ、一口で頂けるようにとお団子のように作ってあるご飯、串刺しのオードブルのようなものなど、私が休憩室に入ってもお客様でまたパッと出られるよう食べやすく色々いろいろ考えてありました。可愛い薔薇のついたナフキン紙、手のついた飲みやすいコップ、ランチョンマットも家からご持参の花柄のもの……毎日毎日、それぞれ目を楽しませる趣向を凝らしての美味しいお弁当の数々でした。控え室では私がゆっくり休息をとれるよう、人は居ないことにいつもしてくれていました。

ある日のこと、無人の控え室にお昼の仕度がしてありました。しかし、今日はいつもとちょっと違う雰囲気です。どこかの包装紙がぱっと引いてあって上にはプラスチックの容器にゴマと海苔の大きなおにぎりがドーンと二つ、玉子焼が二切れ。白い紙コップにお茶、その横には栄養ドリンクがポーンと置いてありました。

何ともユニークなおしつらえ、私は、ああ彼女が今日はお当番だとすぐにわかりました。なるほどシンプル・イズ・ベストという感じ。誰とも相談出来ず彼女らしいな、では頂きましょう、まずお茶をと紙コップを取り上げた時、下にメモ用紙があるのに気づきました。さっと開くと

ボールペンで、

閑先生　個展おめでとうございます
お疲れですね
でも、あと二日　かんばって下さい
どんなことしていいか　私わからない
先生の作品　大好きです

と書いてありました。いつも黙っていて話らしいことをしたこともないのに……私の目から涙がこぼれました。

「朱の会」人も、名前も、私の宝物です。

ジュニア教室

私は、鏑木清方先生が私のことを子供だからとバカにせず嘘をつかず、理屈をきちんと述べるという姿勢でいらしたこと、そのことが本当に心に残っていて勉強になっています。

子供教室の思い出といえば、私はノートを買ってきて、「皆さんのお勉強ノートにしましょう」と、好きなノートを取ってもらい、シールを買っておいて「お勉強」「お行儀」「お名前」「お片付け」の四つの欄にして、お稽古が終わるとそれぞれのノートに、「とっても良くお稽古が出来たらシール三枚」とか、

「ちゃんとご挨拶して入ってきて、お友達の邪魔をしなかった」

「お片付けをきれいにした」

「今日はお名前がちょっとずれたからシールは一枚か二枚」という風にして、シールが百枚になったらご褒美を出すという制度にしていました。

ある一年生が九十九枚になった。ご褒美と言ってもお人形とかペン立てとかたいしたものではないのですけれど、でも楽しみだったのでしょうね。

「先生、九十九枚」

「あ、そう？　残念だったわね。もう一つで百ね」

でもそのお子さんは今日で百枚になりたい、百枚もらって家でママに見せたり、ママからもご褒美が欲しいわけです。私の前でずっと「九十九枚……」とごねている。私もわかっているから、もう一枚増やしてしまおうかと思うけれど、心を鬼にして闘っているんですね。

そうしたらそのお子はしくしく泣き出してしまって、お姉ちゃまが来て、

「もう帰るわよ。九十九枚だから仕方ないじゃないの。そこにいるなら私、先に帰っちゃうわよ」

そう言われて、もうわあわあ泣くばかり。

「ね、来週楽しみでしょ？　あら今日のたかこちゃんはどうしたのかなあ？　いつものたかこちゃんはわかって下さるのに。今日のたかこちゃんは違うたかこちゃんなんだ」

お母様が迎えにいらしてその日は帰られました。そうしたらどうでしょう、次の週、そのお子は部屋に入ってきて、

「先生、ご機嫌よう。この間は泣いちゃってごめんなさい。今日のたかこは……本当のたかこです」

とても声高らかに元気よくそうご挨拶したのです。もう驚いてしまっ

て。先週言ったことをちゃんとわかっているのです。

「あーら嬉しい。本当のたかこちゃん!!　そう、じゃ、お顔見せてね」

その日にシールは百枚以上になりました。そうやって我慢すること、子供も私もです。それから、やはり数は数、評価は評価なんだな、ということが全体にわかるようになりました。いくらごねてもダメはダメということですね。私も自分との闘いでございました。

こんな思い出もあります。今、三十いくつになった人で、当時、本来五歳からお預かりするのに、お姉ちゃまが入っていらしたからって、一緒に三歳で来ちゃったっていう坊っちゃんがいました。

「どうしてもやるの」と言うので、仕方がない、お墨も磨れないから抱っこしてお墨を一緒に磨って……でも出来るんですね、やる気十分。

「あいうえお」もわからない時ですから「あ」から教えて、今日二つ覚えた、三つ覚えた、それで「あいうえお」が全部わかった頃に、普通の

稽古のお清書じゃなくて、作品もやってみましょうということになって、
初めて『ジュニア展』を開くことになったのです。

その坊ちゃんは四歳。「一人で書く」と言うので「お墨磨る？」と聞くと「磨る！」と自分から。じゃあ、こぼしてもいいからと「はい」と筆を渡すと、大きな字で『らっこ』と書いた。自分でまったく私の手を借りずに書いたのです。一枚書いたらもう筆を投げ出してしまいましたけれど、何とも言えない迫力でした。

「お習字っていうのはお稽古でしょ？　今日皆さんがおやりになるのは『書』です」と私が言っていたのがわかっていたんですね。

お姉ちゃま達が「作品」というのを書いている、ちゃんとそういう本当の言葉を理解していたのです。

展覧会に出したら「圧巻ですね、あれが」と皆さんおっしゃった。

お爺ちゃま達が展覧会の初日にいらして、

「先生、本当にいいことを教えて下さいました。私が先日、犬小屋に釘を打っていたら孫が学校から帰ってきて、二人して畳紙を持ってまた出て行くから『また出かけるのかい？　ああ、習字の稽古かい？』と言ったら、『お爺ちゃま、私たちがやっていることはお習字じゃないの。今日は『書』なの』って。一本やられました。これなんですね」

と言って下さったのです。やっぱりそういうことも、とても勉強になりました。

「今日の先生のお手本はイヤだ、書かない」と言われたことがありました。私はその時、他のことを考えていたんですね。明日あれに出なくちゃいけない、書かなくちゃいけないなどと思っていて、お子さんのお手本だからちょっとおろそかにしてしまった。そうしたら、

「今日の先生は変なんだよ。純ちゃんと僕の名前を間違えたでしょう？お手本も何だかイヤなの」と。お子さんもみんなわかるんですね、涙が

出るほど教わりました。

　お子さんのクラスを辞めることにしました時、「どうしてお辞めになるんですか？　先生ずっと続けて下さい」とお母様方はおっしゃったけれど、私は、「さあ、やりましょう、やりますよ」という元気が、歳をとってなくなって来たなと感じておりました。

　お稽古は何時でもそうですが、特にお子さんを相手にする時、ちゃんとお稽古するには「はい！　やりますよ、ひっくり返ってでも書きますよ！」そういうようなバイタリティがないといけません。それが体力的に落ちてきたな、と思った時にそれをお子さんに悟られないうちに辞めると告げました。

「中学生になったらいらっしゃい」と。その時生徒が十八人くらいだったのですが、お母様たちに、

「こういうことで私の体力もなくなって来て……お母様方が私に預けて

下さったということはとっても私の為になりました。それに応分のお返しが出来ないのではダメだと思うので……」と、皆さんと相談して卒業式をいたしました。

子供を持たない私は本当に精神的なこともお子さん達に教えて頂いて、ありがとうございましたという気持です。

「文字」は表している

私、どうしても日本語は縦書きじゃなきゃ困る、と日々言っているのです。「Thank you very much」ならばいいのだけれど「ありがとうございます」だったら日本人は頭を下げるのですからやっぱり縦書きにしないといけない。

うちのお弟子さんたちに、

「私の見えないところではいいです。あなた方がなさるところでは横書きも良いけれど、一応うちに下さる手紙は縦書きにして下さい」

と言っています。そうじゃないと、毎週お稽古していることが何にもならなくなってしまうから、これはずっと根本として残す、だけどまあ場合に応じて今はパソコンの時代ですしそれは自由ですからね。でも、「私のところでは縦書きでちゃんと日本語の美しい線の流れを見せて下さいね、書でも、横に字が連なる時もあって良いけれども、根本は縦、をふまえて今回の場合はなぜ横書きにしたか理屈がつけばいいですよ」と言います。

事務的に事を伝えるものは横書きでいいけれども、自分の心情はやっぱり縦じゃなくちゃ伝わらないでしょう。だからこそ日本語はずっとこの文字が伝わって来たのよって。

それは不思議と小さなお子さんでもわかって、私に手紙を下さる時は縦書きにして、「たてにかいた」って書いてあったりします（笑）。

文字って本当に面白いのです。文字はご飯よりも大事だ、と思うくらいです。

代稽古時代からの経緯でお稽古にいらっしゃる方で、特に男の方がそうなのですけれど、ご自分の字を先生に見せるのが嫌だったり、誰もいない所で直してくれとか、屏風の陰に隠れている間に直して欲しいとか、恥ずかしがり屋の方が多いですね。

私からすれば、まず今日入った方があれば、そこから一ヶ月の間がすごく大切で有難いお客様。なぜなら私はそこでいろんなことをその方から教えて頂ける。三年経っても五年経ってもお弟子さんから習うことは多いのですが、特に「今日からです」という方は最初『いろは』からはじめるのですが、どう書かれるかなって私はドキドキするのです。若い方などには、

「あなたのことを下手だなんて思う暇はないの、あなたに向かって、お稽古って面白いと思って頂きたいっていう気持でいっぱいなのよ、だからご安心」と申しますけれど、本当にそうなのです。

ちっちゃな字でちょこちょこ、コマネズミみたいに「いろは」を書く方があれば、これを大きく堂々と書けるようにするにはどうしたらいいとか、本当に「心配心配」ってオドオド書いてらっしゃるけど、私の「いろは」はこうなのよ、ともうちょっと胸をはって自信を持って下さい、大丈夫ですからと申します。

また、いい気持になってしまって「先生、どうだい」という心が現れることもあります。そういう時はピシッとその人のために言う。私の為にもなるのでそれは見逃せないです。それが高じてくるとその人の字に魅力がなくなってしまうからです。

「今日はどういう風にしていらしたの？」

「大至急出がけにちょっと書いて来ました」とか、

「電話取りながら書いた」そういうのはダメですね。作品の時なども。勿論。

「どなたが見てもわかりますよ。ここで嫌になって、他の人としゃべったり。何故途中でお立ちになったの？」と私が言うと、

「どうしてわかるのですか？」と言われますけど、わからなかったら、自分のものも書けません。大変微妙なものであることは確かです。

お稽古では、皆のお清書を見てその人のその日のコンディションがわかります。ある日のこと、今日はこの人のお清書に元気がない、何となく暗い。「どうしたの？」と聞くと急にわっと泣き出して「辛いことがあった」と言うのです。銀行にお勤めの人だったのですが、

「今日、お客様への対応が悪くお叱りを受けて、預金を全部引き出されてしまった。上司にも厳しく注意を受けた。もうお稽古どころではなくて帰りたいけれど、何だか帰る気にもなれない」との話。

私は「そのお客様のご住所なり会社の所在地はわかるの？」と聞きました。「お得意様ですし、大きい会社のオーナーで」と言うので、

「じゃあ良かった。これから私がお詫びの手紙のお手本を書くから、今日のお稽古はそれになさい。どう?」と言いました。うなずいたので早速巻紙(ちょっと冒険ですけれど)を出して、しかるべくお詫びの言葉を書きました。そして「出来るだけ丁寧にね」と言って、巻紙や封筒もいい物を使うよう出して来ました。皆それからはそれぞれのお稽古もそこそこに応援隊です。

文面もなるべく簡潔にしました。巻紙ですからいつもとちょっと違って、出来るだけ短く書きやすいお手本にしましたが重みがあります。一生懸命書き上げられて、仕上がって封筒を書き、切手を貼りました。「先生、都内だから速達でなくても」と言うのを、「いえいえ、これは速達じゃなくちゃダメよ!」そして「帰りに一番先に見つけたポストへね、大切に入れて」と言って、その日のお稽古を終えました。さあ、どうなるか……。

次の週、玄関から大声が聞こえました。

「センセーイ、センセーイ！　ありがとうございました！」

と飛び込んで来て、大泣き。

「お客様が今日いらして『スゴイネ。君はあんなに毛筆で書いてしかも巻紙で上手だねぇ。感心した、びっくりだ』とおっしゃって、ご預金も増やして入れて下さいました。支店長からもびっくりだ、と誉められました」との報告。お稽古場の皆が全員で「良かったぁ」の声でした。ああ、お稽古が役立ったと私もホッとしてちょっと涙が出ました。

先週とはガラリと違った空気でその日のお稽古は終わりました。

今は毛筆を使って字を書く方が少ないのであらたまった感じになったのでしょう。

お弟子さんも私の手本を見て、私のその日の状態を判断するかもしれません。私が意識していないことを皆の方が先に感知しているのではないかと思います。

だから私も精神状態は、仕事では絶対に隠せないですね。個展の時など作品を陳列して、私が一番先に意識するのはお弟子さんです。自分では他人にわかるまいと思っていても、作品には全部出てしまいます。勿論ミスがあるとすぐわかってしまうのです。

出来不出来をどこがどうと説明出来なくてもすべて感じとられてしまいます。恐いけれどそれだけに緊張感がありますから有り難いとも言えます。だからうちの古いお弟子さん達には、何でも言って欲しいと頼んであるので「何か寂寞感が」とか「向きが変っていらっしゃいましたね」とか言ってくれますし、手紙に、

「先生、少し精神的にお辛い立場にお立ちだからあの歌をお選びになったのではないですか。勝手なことを申し上げてすみません。どうぞこの手紙は破いて下さい」とか泣けるようなものもあります。

展覧会場ではお客様もそうですね。みんな見抜かれてしまいます。

「本当にそうよ。皆さんはわかってしまうのね。また感じたことがあったら教えてね」

「感じる」こと

贈答上書は別として、どんな言葉でも「感じる」ことがないと書にならない。ただ言われたまま、その文字を墨で書けば良いのよ、というのはただの伝達だけになってしまうのでお引き受け出来ないのです。「何でも良いからこれを字にして下さい」と頼まれて、

「わからない」と答えると、

「字になっているから、その通り書いて下さればいいんですよ。あなたの字にして下さい」

そう言われても字にならないのです、わからないから。そうかと思う

と、子どもが何気なく言った言葉でも「ああ、これ文字にしたいな」という時もあるし、やっぱり文字は生きているのだな、と思います。

展覧会をいつも見に来て下さる方から「今度は心境の変化ですか」などと言われることがあるのですが、自分が変わって行くというのは自身ではわからないですね。ただ、自分の中の要らないものを取っていかないと感じるものが弱くなっていく。

「それは当たり前じゃない、そんなことわかってるじゃない」と思ったらダメなのです。「ええっ！」とか「何？」という、そういう気持で反応する時に、心の中で文字が入って来るんだな、と思います。

ずーん、と入らなくなる時もありますね。若いうちは体力的には何でも出来るのですが、味が出ない。味が少しわかって来る頃には体力がない。年齢というものは人間の限界を教えますね。この間もそうでした。何か、もう終わりだって思いました。身体の調子も関係しますね。「ああ、ダメだな」って。それで私は最近、同世代の方々とおつきあいするより、なるべく若い方とお話しようと思っているのです。若い人なら「ああ、大丈夫。引っ張って行って頂ける」上手に渡り歩こうと思って。

友達十人くらい集まって、昔のことを「そうだったわね」とある程度懐古趣味に話すこともありますけれど、それに浸っているとどんどんダメになる。今日は良いけど明日はダメ、寝てなくちゃ、とかどうしてあんなに後ろ向きなのかしら、と思うと引きずりこまれそうになります。

もし、今日明日は出て、もうその次は家にいよう、何もしたくないと思ったらそれがもう仇になりますね。今、その気持と戦うのが大変です。だからといってがむしゃらにやると現実的に身体がダメ（笑）。

十数年前まで私は、お稽古とは教えて上げる時間だと思っておりました。でもそうじゃないのですね。教える形をとって私も習うものなのだとわかりました。遅すぎる理解かもしれませんが、本当にいろいろ学べます。そんな時、ふと思い出されるのは町先生が私を育てて下さった時のこと。今になって先生のご苦労がよくわかります。「わかったなら、ちゃんとしなさい!!」というお声が今も聞こえるようです。

お手本を一枚一枚書くということ、これもまた全くの勉強、修業です。だから疲れたり気分が悪い時など、この調子で書いたら皆に重い気持がうつってしまう、さあ晴れやかに……などと言って気をつけるのです。

お稽古が終わってお弟子さんに「来週はお休みいたします」と挨拶されると、

「あら、教えに来て下さらないの?」と私は言ったりします。

お弟子さんは「ひにくー(笑)」などと言いながらお辞儀して行ってしまいますけれど、私にとっては真面目な話です。やっぱりお手本を書くということで基本が鍛えられますからね。

ただ、お稽古でみんなに「私たちは休むことがあるけど、先生は休まない」と言われたことがあるのです。「当たり前でしょ。そうじゃなかったらお稽古場にならないじゃないの……」と答えたものの、そういえば私はインフルエンザでも何でもお稽古じゃない時にかかっているし、確かに休まないなあと思いました。私は本来、お稽古は休むものじゃないと思っていますから。

そうしたら「こんなに休まない先生はない」とか「可愛げがないわよ。先生はどうした？　風邪気味でお稽古は来週までお休みよ、って言わせてあげなさいよ。たまには先生が具合悪いって言ったらみんな喜ぶんだから」と人に言われまして、

「あ、それは初めて知りました。そうですか、じゃ、時々、半年か三ヶ月に一度くらい休みます」と申しましたけれど……面白いものですね。

二人の私

私、以前は自分に手紙を書いてプレゼントしていたのです。何かとても悔しかった時、周りがみんな反論者に見えてしまったりした時に、違う自分になって、

「よく我慢したわね、今日。普通だったら出来ないわ、あそこでぎゅっと唇を噛みしめたんでしょ？　私だったらあの時、何か言ってしまったわ。偉いわ。貴女を元気づけたいから、貴女がお好きかどうかわからないけれど、ちょっとプレゼントを贈らせて頂くわね」

自分の欲しかった万年筆を和光で買って、手紙にも「何日あたりに着

くわ。色は二色で迷ったの。いいと思った方を贈るけど、お気に召さなかったら取り替えてちょうだい。頑張ってね、私も頑張る」と書いて出し、万年筆を以前は「春朱」、その後は「閑 万希子」宛てに「堀越友規子」の名で贈ってもらって。何日か経つと手紙とプレゼントがそれぞれ来るわけです。新鮮な気持で開けて、

「ああ、あの時、辛抱して言葉に出さなくて良かった。貴女にこんなに誉めて頂けると思わなかった。でもどうして、私の欲しいものがわかるの？（当たり前ですけど）」

とお礼状を書いて出すのです。それでずいぶん気が晴れましたよ。一時期これで自分を慰めていました。同じお金でも、自分で好きなものを買ってくるより、一回りしてくると何だか天から贈り物を頂いたみたいな気持になるんですよ。

「堀越友規子」と「閑 万希子」私は私が何人もいるみたいな気がする

のです。

「閑　万希子さん、ああいうのを書いたことがありますね」と言われた時、「ああ、あれは下手でございましたね。あれは初代ですから」なんて、ごまかす時に使ったりして。

「今、何代目なんですか？」

「三代目でございます」なんて、本気にされたりして（笑）。

一人ではとても体験出来ないほど、枝葉が多くて、一代で生きてきたような気がしないんですね。いろんな方にお声をかけて頂いたり教えて頂いたり、深いご縁を頂いているみたいに思うのです。

そして今つくづく思うのは、町先生とのお出会いがなかったら私の人生はなかったということです。もし先生の『なにはづ書芸社』へ入門していなかったら、どんな一生を送っていたことか……。

初めはもちろん書家になるつもりはなかったですし、銀座のお教室であんな綺麗な先生を間近に拝見して「書を直して頂けたらな」と本当にそれだけで、大勢の中の一人で良かったのです。でも段々とそういう気持が変化していきました。

厳しく辛いことの多かったお稽古とお手伝いの日々、こんな毎日で十年後、二十年後、自分は本当にどうなってしまうのだろう、朝、目が覚めなければ良いのにと思うことも多くあったけれど、今の私があるのはあの時期、先生のお側に置いて頂いて進む道を決めて下さったからだと思うのです。

もう、想像もしなかったほど恵まれた日々を過ごすことが出来ているのは、すべて先生のおかげであったと心から思えるようになりました。

本当にこの頃、この歳になってそう思う、本当に幸せに思います。

あとがき

全く今まで考えたことも、思ったこともない事でした。

私にとって予想だにしなかったこと、自分の生きて来たことを思い返してみるなんて……。そして想いを巡らせながらお話をするなんて……。

それよりもまだまだ前へ前へ歩いてゆきたい。

でもそれを三月書房の渡邊徳子さんが、ちょっと引きとめて下さったのです。

「まあそんなにせかせか歩かないで、これまでのお話を聴かせて。その道のりを」

ここでひとまずご一緒にお茶でも飲みましょうよ——というように。

それに加えて、実に上手にそのタイミングをはかって渡邊さんと一緒のソファに、私を座らせて下さったのが林 歩さんでした。

春風の心地よい窓辺で、何とも自然に、気がついてみれば本当に素直になって、あれこれ来し方を振り返りました。

そしてその私のおしゃべりを「おもしろーい」と笑顔で聞き耳を立てて下さった歩さんのあたたかい思いやりで、私の口から次々と過ぎし日々が言葉になって流れ出て来ました。

いつも夢中で大急ぎで歩いて来た私。今思えば、実に恵まれていた私のこれまで。

それをごく自然に、私の目の中にまるで川の流れのように活字で映して下さった渡邊さん。傍らで言葉として細やかに刻んで下さったスタッフの熊倉久恵さん。

本当にありがとうございました。

生まれてはじめての不思議な現象に力を得て、私はこれからまた歩いてまいります。ここまで道をつけて下さった多くの方からお恵み頂いた大きな袋を、大切に大切に抱きながら……。

平成三十年十一月

閑　万希子

著者略歴

閑 万希子（かん・まきこ） 書芸家

一九三三年 東京麹町に生まれる。家業は日本橋の織物問屋「堀越勘治商店」。
本名堀越友規子。

一九五四年 学習院女子短期大学（現女子大学）国文科卒業。

一九五八年 町 春草に師事。雅号 春朱。

一九六五年 毎日書道展にて毎日賞（第三部近代詩文）受賞。

一九七二年 無所属となり、閑 万希子と改名。

一九七八年 三月、ヴィクトリア美術館（カナダ）にて招待個展。展示は六月中旬まで会期延長される。同館にて書の指導、デモンストレーションを行う。

一九八〇年 五月、ギャラリー広田美術（銀座）にて個展「閑 万希子小品 春夏秋冬」。
六月、ギャラリーミキモト（銀座）にて個展「閑 万希子展 文字にたくして」。

一九八一年 五月、高宮画廊（大阪）にて個展。

一九八二年 五月、札幌そごう美術工芸サロンにて個展。

一九八三年　二月　ワシントン　スミソニアン博物館「今日の日本陶芸」の日本語タイトル文字、及びロンドン　ヴィクトリア＆アルバート美術館に於ける同展のポスタータイトル文字を書く。

六月、ギャラリーミキモトにて個展。

一九八五年　五月、札幌そごう美術工芸サロンにて個展「中世の歌謡　閑万希子展文字にたくして」。

一九八六年　七月、ギャラリーミキモトにて個展。

十月、横浜そごうアートギャラリーにて個展。

一九八七年　十月、横浜そごうアートギャラリーにて個展。

十一月、札幌そごう美術工芸サロンにて個展。その後釧路、帯広、旭川を巡回。

一九八八年　十月、横浜そごうアートギャラリーにて個展。その後函館を巡回。

十一月、ハンブルク　リバークーセン　ピルシャーギャラリー（ドイツ）、ルクセンブルク　ピルシャーギャラリーにて招待個展。

一九八九年　六月、ユーロパリア・ジャパン展（ベルギー）に四人の現代書家として招待出品。
十月、横浜そごうアートギャラリーにて個展「閑 万希子展」。
一九九〇年　六月、ギャラリーミキモトにて個展「中世の歌謡 閑万希子展 文字にたくして」。
九月、デュッセルドルフ シュタット・スパーカッセ（ドイツ）にて招待個展。
一九九一年　四月、横浜そごうアートギャラリーにて個展「閑 万希子展」。
一九九三年　五月、ギャラリーミキモトにて小品個展「閑 万希子小品展—いれもの」。
一九九四年　六月、ギャラリーミキモトにて個展「中世の歌謡 閑万希子展」。
十一月、横浜そごう美術画廊にて個展「中世の歌謡／音 閑万希子展」。
一九九五年　四月、ギャルリー石塀小路和田（京都）にて個展「閑 万希子展・路」。
一九九七年　四月、ギャルリー石塀小路和田にて個展「閑 万希子展・色」。
一九九九年　十月、和光ホール（銀座）にて個展「流韻・墨・色 閑万希子展」。
二〇〇一年　十二月、韓国国立現代美術館「二十一世紀水墨の香り 紙・筆・墨展」に出品。

二〇〇二年　十一月、ギャルリー石塀小路和田にて個展「閑　万希子展」。
二〇〇五年　三月、和光ホールにて個展「こころ・かたち　閑　万希子展―中世の歌謡を墨にたくして」。
二〇〇七年　三月、福岡三越美術画廊にて個展「閑　万希子展」。
二〇〇八年　二月、和光並木ホール（銀座）にて個展「閑　万希子展―墨にこころよせて」。
二〇一三年　三月、和光ホールにて個展「中世の歌謡―言葉の造形　閑　万希子展」。
二〇一七年　三月、日本橋三越本店美術特選画廊にて個展「閑　万希子展　中世の歌謡―こころの線・こころの形」。

小型愛蔵本シリーズ　〈一九六一年〜〉（★印の本は在庫あり）

変奏曲　福原麟太郎
曲芸など　岡本文弥
鳥たち　内田清之助
犬と私　江藤　淳
芸渡世　岡本文弥
春のてまり　福原麟太郎
随筆冬の花　網野　菊
女優のいる食卓　戸板康二
諸国の旅　福原麟太郎
杏の木　室生朝子
ハンカチの鼠　戸板康二
百花園にて　安藤鶴夫
随筆おにやらい　巌谷大四
町恋いの記　奥野信太郎
女茶わん　佐多稲子
献立帳　辻　嘉一
ひそひそばなし　岡本文弥
角帯兵児帯　木山捷平
おもちゃの風景　奥野信太郎
港の風景　丸岡　明
旅よそい　円地文子
ひとり歩き　佐多稲子
袖ふりあう　壺井　栄
随筆父と子　巌谷大四
聞きかじり見かじり読みかじり　坂東三津五郎
望遠鏡　萩原葉子

歴史好き	池島信平
裸馬先生愚伝	石井阿杏
夜ふけのカルタ	戸板康二
おふくろの妙薬	三浦哲郎
食いもの好き	狩野近雄
わたしのいるわたし	池田弥三郎
大福帳	辻　嘉一
煙、このはかなきもの	木俣　修
スコットランドの鷗	大岡昇平
町ッ子・土地ッ子・銀座ッ子	池田弥三郎
仕入帳	辻　嘉一
軽井沢日記	水上　勉
たべもの草紙	楠本憲吉
わが交遊記	戸板康二
仁左衛門楽我記	片岡仁左衛門
寿徳山最尊寺	永　六輔
山麓歳時記	橋場文俊
木鋏	前島康彦
演劇走馬燈	戸板康二
句集花すこし	戸板康二
随筆花影	武田太加志
韓国・インド・隅田川	小沢昭一
句集汗駄句々々	岡本文弥
句集袖机	戸板康二
★句集ひとつ水	郡司正勝
能狂い	大河内俊輝
句集変哲	小沢昭一
歌集味噌・人・文字	岡本文弥

句集良夜　戸板康二
花明りの路　松永伍一
冬の薔薇　秋山ちえ子
句集ぽかん　岡本千弥
やくたいもない話　草市　潤
随筆百日紅　後藤　茂
随筆朝の読書　大河内昭爾
毎日が冒険　萩原朔美
随筆衣食住　志賀直哉
★卵と無花果　草市　潤
★水たまりの青空　丸山　徹
★本を肴に　尾崎　護
★随筆玉手箱　松永伍一
★随筆看板娘恋心　白石　孝
★鉱山のタンゴ　秋元勇巳
随筆井伏家のうどん　大河内昭爾
随筆ひとり芝居　島田正吾
随筆下駄供養　草市　潤
随筆最後の恋文　出久根達郎
★幻花　辻井　喬
★顎の話　草市　潤
狐のかんざし　花柳章太郎
★随筆よだりとよだれ　草市　潤
★歌集悲しき矛盾　小野葉桜
★句集仙翁花　松本幸四郎
★かえらざるもの　大河内昭爾
★わが浮世絵　高橋誠一郎
母のおなかできいた矮鶏のなきごえ　草市　潤

★息子好みの父のうた　草市　潤編
★青きそらまめ　草市　潤
★随筆東西南北　草市　潤
★日日がくすり　草市　潤
★短篇集半分コ　出久根達郎
★ずっこけそこない話　草市　潤
★短篇集赤い糸　出久根達郎
★随筆美の詩　後藤　茂
★蜻蛉の夢　尾崎　護
★庭に一本なつめの金ちゃん　出久根達郎
★日暮れの記　窪島誠一郎
★墨の余滴　閑　万希子

墨の余滴

二〇一八年十二月三十日発行

著　者　関　万希子
発行者　渡邊　徳子
発行所　三月書房
〒101-0054　東京都千代田区神田錦町3-14-3
神田錦町ビル202　電話・FAX　〇三-三二九一-三〇九一
振替東京〇〇一一〇-〇-五三二三五
印　刷　三協美術印刷　平河工業社
製　函　高田紙器印刷
製　本　ブロケード

ISBN978-4-7826-0230-0

好評発売中の小型愛蔵本

短篇集 半分コ

出久根達郎

二三〇〇円＋税

人生半ばを迎えた主人公たちがふと過ぎし日を想う時――懐かしくほろ苦い16の短篇集。平成26年度芸術選奨文部科学大臣賞受賞作。

わが浮世絵

高橋誠一郎

三三〇〇円＋税

福澤諭吉の門下で経済学の権威。著者が愛した浮世絵の世界を綴った名随筆を集めた。春信、広重、歌麿、豊国の絵を口絵に収載。

日暮れの記

窪島誠一郎

二五〇〇円＋税

戦没画学生慰霊美術館「無言館」館主の著者が信州上田での日常や懐かしくよみがえってくる若い頃の思い出を綴る書き下ろし27篇を含む随筆集。

随筆 美の詩

後藤　茂

二二〇〇円＋税

衆院議員を6期16年務める傍ら美術・文学に造詣が深く、多くの芸術家と親交があり文人政治家とも呼ばれた著者、最後の美術随想。

幻花

辻井　喬

二三〇〇円＋税

「花」「旅」「幼い光景」をテーマに選んだエッセイ42篇に、単行本初の収載となる掌編小説「恋物語」5篇を加えた随筆集。

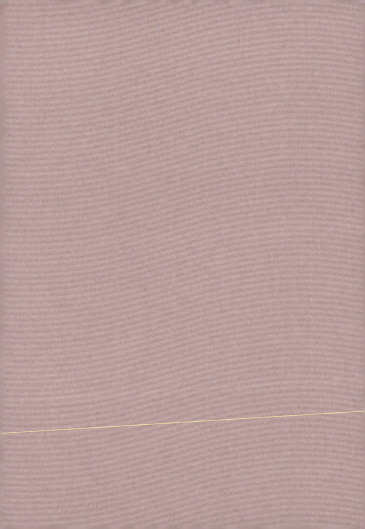